NATAL EM BRANCO

Lucas Zavarelli

Capa Comum
ISBN: 978-65-00-57528-6

Arte da Capa: Willian Opolz
Revisão Editorial e Textual: Valdir Ribeiro & Nathia C. Tassi
Diagramação e Projeto Gráfico: Henrique Kipper & Amazon Kindle Create

CONTENTS

Para Craig.
Você sabe o porquê.
Ah, e como sabe!

ANTES DE DORMIR

As noites da véspera de Natal sempre foram mais do que especiais para nós. Após a ceia e demais atividades que realizamos — e que fazemos questão de que aconteçam todos os anos em nossa casa — para manter as tradições natalinas vivas em nossa família, nesse dia, dizemos boa noite aos nossos amados membros da família e amigos convidados que, um a um, partem para os seus respectivos aposentos. E assim, ficamos apenas os três juntos — eu, minha mulher e nossa filha —, e nossa casa é novamente inundada por certa paz acompanhada de um silêncio aconchegante, ao passo que transborda amor e carinho recebidos durante todo o dia. Independentemente de qualquer outra data ou comemoração, o dia vinte e quatro desse mês, a tão aguardada véspera de Natal, sempre será o dia mais especial de todo o ano para a nossa família...

Entretanto, o mês todo é mágico e cheio de coisas extraordinárias. Há algo de especial e único quando o último dia de novembro despede-se e começamos o mais romântico e feliz mês do ano. Nossa vida ganha novas cores, cheiros, gostos, e até trilha sonora! Nossos corações ficam mais generosos, agradecidos... mais cheios de amor.

Apesar do calor escaldante presente no mês de dezembro no Brasil — ainda mais aqui em nosso querido Rio de Janeiro —, sempre fazemos questão de colocar lenha na lareira e acender o fogo, deixando-a queimar por horas e horas nas semanas que antecedem o Natal — mesmo que isso nos obrigue a ligar o ar-condicionado em uma temperatura mais gelada que a de costume. A lareira — devidamente acompanhada de algumas meias penduradas em seu exterior — parece completar perfeitamente a harmonia criada pelas músicas natalinas; a árvore belamente decorada no canto da sala, bem como toda a decoração pela casa; os suéteres de gosto duvidoso que vestimos, além das comidas típicas que preparamos durante todo o mês. Todavia, para a nossa família, o Natal vai *muito* além disso tudo.

A maioria dos nossos familiares e amigos ainda espanta-se ao se deparar com uma grande e imponente lareira no centro de nossa sala, mas logo lembra-se de todo o significado e importância que cada um desses símbolos natalinos tem para nós. Tanto eu quanto a minha amada, e nossas respectivas famílias, sempre amamos o Natal; crescemos ouvindo as histórias e cânticos, ansiando pelos presentes, pelas comidas maravilhosas, sonhando um dia pegar o Papai Noel de surpresa, assim que ele entrasse pela chaminé e saísse pela lareira — ou pulasse a janela, em nossas antigas casas. O que nós nunca esperamos, e nem mesmo sonhamos, é que a nossa experiência com essa data tão especial fosse mudar completamente num dia quente de verão carioca. Não tanto tempo atrás, numa calorosa, mas *atípica* semana de Natal...

Mas... um pouco de calma, antes de falar sobre aquela semana...

Era uma linda noite, véspera de Natal, e, assim como em anos anteriores, tivéramos o mais agradável dos dias. Depois de semanas e mais semanas fazendo ligações, mandando mensagens e trabalhando na logística e agenda de parentes e amigos, conseguimos, enfim, reunir quase todos os integrantes dos dois lados da família, e alguns amigos, em nossa casa.

A piscina aliviara um pouco o calor escaldante que nos envolvia, desde os primeiros raios solares, ao passo que abria o nosso apetite para o delicioso almoço que os *cozinheiros de datas festivas* da família preparavam com muito esmero. O café da tarde — que havia começado logo após o almoço e estendido-se até ao pôr do sol —, nos ajudou a relembrar antigas histórias — e uma recente e *bem especial* também —, momentos marcantes, pessoas amadas. Conversamos e rimos durante toda a tarde, aproveitando o que consideramos ser um dos presentes mais preciosos que existem: *o tempo de qualidade em família.*

Após um período de descanso, para que todos pudessem se arrumar e reestabelecer o apetite, voltamos e nos reunimos em volta da mesa principal da casa. Ali, oramos, agradecemos, comemos e desfrutamos da ceia de Natal em família. Após as sobremesas, antes de deixarmos a mesa, a vovó pediu a atenção de todos para que pudesse ler a tradicional mensagem de Natal que preparava todos os anos para nós. Era a melhor maneira possível de encerrar aquela noite tão especial, lembrando-nos do real significado da data e do infinito amor de Deus para conosco.

Após deixarmos a mesa, ainda ficamos, por mais algum tempo, todos juntos na sala conversando, cantando, jogando alguns jogos e desfrutando da comunhão de nossas famílias; algo cada vez mais raro nos dias de hoje.

Já era tarde da noite, quando meus pais e os pais de minha esposa despediram-se para voltar aos seus quartos. Outros amigos e membros da família também costumam passar a noite conosco, seja dormindo em algum quarto, ou amontoados na sala perto da lareira. Quando todos foram para os seus respectivos aposentos e cantos da casa, ficamos novamente a sós, apenas eu, minha amada e nossa adorável filha.

Quando todos já estão dormindo — ou *fingem* dormir, no caso de algumas crianças —, é quando os adultos correm para os seus esconderijos e pegam os presentes comprados para os amigos e familiares. Gentil e silenciosamente, colocamos todos os presentes aos pés da árvore para que todos possam encontrá-los ali pela manhã. Nessa noite, porém, eu ainda viveria mais uma história muito especial de Natal. Uma história da qual nunca mais nos esqueceremos.

* * *

Por volta das onze horas da noite, nossa doce filhota já estava mais adormecida do que acordada, esparramada no sofá. Peguei-a em meu colo com cuidado, para não atrapalhar o seu "pré-sono", e subi as escadas levando-a até ao seu quarto no segundo andar. Ao adentrar o quarto, antes mesmo de deitá-la em sua cama, ela já estava olhando para mim com seus grandes olhos azuis e um doce sorriso que carregava certo tom irônico. Ela sabia que fazê-la cair no sono não era a mais fácil das tarefas, e tudo indicava que, agora, estava desperta como quem acabou de acordar de um sono profundo e reparador — mesmo que esse sono houvesse durado apenas meia hora no sofá.

Entreguei-a à sua cama e a cobri com um fino lençol repleto de desenhos de suas princesas favoritas.

— Hora de dormir, amore mio! Hora de nanar... — cantarolei, numa tentativa de convidar o já perdido sono a voltar para encontrá-la novamente.

Ela olhava para mim com uma expressão sapeca, de quem sabe que pode desarmar e derreter o coração de seu pai com o mais singelo olhar. Colocando as duas mãos atrás de sua cabeça, fez um simples pedido antes de conceder a permissão para a minha partida:

— Papai, conta uma história pra eu dormir?

— Filha, o papai tá um pouco cansa...

— *Pooorr faaavoooor, papai!* — disse ela, interrompendo-me num tom suave e melódico, com uma expressão triste em seus rosto, mas, ao mesmo tempo, com um certo ar de atuação e ultra-dramaticidade presentes no ar. De qualquer forma, aquela era uma batalha da qual eu nunca sairia vitorioso; ela não precisou insistir, eu já estava rendido.

— Qualquer história, querida?

— Uma história de Natal!

(eu não esperava que ela pedisse outro tipo de história, e já possuía várias na manga)

— Está bem, acho que me lembro de uma bem legal! Está pronta?

— SIIIM! — respondeu enquanto abria um grande sorriso.

— *Eeeeennnntããããããoooo...*

— Não, papai — fui novamente interrompido —, não quero uma história de Natal da *Mominha!*

— Humm... Que tal *O Natal da Vovó Coruja*?

— Também não! Já tô grande pra histórias da Vovó Coruja! — disse ela, decidida, inexorável, e com um tom de voz maduro com o qual eu ainda estava me acostumando.

— Okay, meu amor, deixa eu pensar numa história legal então...

Embora houvesse muitas histórias guardadas em minha cabeça, o princípio do sono começava a me envolver fazendo-me relembrar apenas de fragmentos de contos natalinos e de outras famosas histórias que as crianças geralmente gostavam de ouvir nessa época. Minha filha continuava a me encarar, agora, já mostrando-se um pouco impaciente.

— Quero ouvir uma história de Natal com amor e fantasia, papai!

— *Hummm...* — eu começava a forçar minha memória um pouco mais.

(na verdade, eu não tinha dúvidas a respeito de qual história deveria contar a ela, naquela noite)

— Quero uma história de Natal, de amor, e que seja muito linda e cheia de aventuras e fantasia! — disse ela, com uma voz forte e decidida.

Eu apenas olhava para a minha pequena, ali deitada, tão nova e já tão cheia de opinião e personalidade, cada vez mais parecida com sua mãe — *okay*, talvez um pouco da dramaticidade e gosto por universos fantásticos tenha vindo de mim. Eu sabia que ela não iria pestanejar até que ouvisse a história que desejava com tanta gana.

Mesmo que eu tivesse que digladiar contra o sono que parecia estar rondando-me e cada vez mais perto, seus requerimentos dissiparam todas as dúvidas e opções disponíveis, trazendo à tona a única história que eu poderia contar-lhe naquele momento. Uma história que eu nunca havia contado a ela, mas que, agora, parecia ter encontrado o momento e a situação perfeitos para ser contada.

— Acho que tenho a história perfeita para você! — disse a ela confiante, sentindo-me aliviado e, ao mesmo tempo, pressionado por ter que fazer jus à expectativa que acabara de criar.

— Oba! Eu sabia que você tinha uma história perfeita pra mim, papai!

— Sim, amore! — abri um sorriso enquanto orava a Deus em pensamento, pedindo por discernimento e sabedoria para contar aquela história da melhor maneira possível.

— Está pronta?

— Sempre! — respondeu-me com um doce sorriso.

— Okay... — Respirei fundo e olhei bem dentro dos olhos de minha filha. — Aperte o cinto, feche os olhos e respire fundo, querida! O trem já está pronto, o céu, estrelado, e nós vamos partir na mais incrível aventura de Natal que você já conheceu!

ERA UMA VEZ

*E*ra *uma vez...* duas crianças inocentes e sonhadoras, que iniciaram uma amizade logo cedo, assim que começaram seus estudos no prezinho.

"Um pouco mais novos que você!", eu disse à minha pequena que concordou com um singelo sorriso.

João era uma criança um pouco distraída e afoita, apaixonado por jogos de videogame e desenhos de heróis. Desde o primeiro dia de aula, sentia-se o menino mais sortudo do mundo, pois se sentara ao lado de Maria, sua nova — e *primeira* — amiga na escola — e na *vida*. Maria, por sua vez, era organizada e confiante, sempre chegava antes de todos os outros alunos, e, assim que entrava na sala e sentava-se em sua cadeira, arrumava todo o seu material por sobre a mesa e começava a desenhar ou colorir algum livro que trazia de casa, enquanto seus amiguinhos chegavam e se organizavam pela classe.

Com o passar das semanas, a diligência da garotinha, ao mesmo tempo que contrastava com o jeito tímido e distraído do garoto, parecia atrair-se cada vez mais à espontaneidade dele, fazendo com que esses dois pequenos seres de personalidades tão diferentes, se aproximassem dia após dia. A cada lápis com a ponta quebrada ou borracha acabada, ajudavam-se e tornavam-se mais próximos. Ele trazia papel do banheiro para enxugar-lhe as lágrimas, que caíam como cachoeira, quando alguma coleguinha a provocava, ou, raramente, no caso de sua tarefa não estar da maneira como a professora esperava. Ela, por sua vez, chamava-lhe a atenção quando ele não parava quieto, e o ajudava a se concentrar para terminar as tarefas no horário certo. E assim, naturalmente, a amizade desses dois pequenos foi crescendo e amadurecendo.

Nas últimas semanas do ano letivo, o verão se aproximava novamente e a preparação para o Natal já preenchia os corredores da escola e os corações de todos que ali estudavam e trabalhavam. Em uma das últimas aulas do ano, a professora propôs uma atividade diferente para estimular os dons artísticos e o espírito natalino em seus aluninhos. Assim, pediu para que desenhassem em uma folha de papel os seus maiores desejos de Natal; fossem eles presentes que gostariam de ganhar, ou milagres que gostariam de ver realizados.

Enquanto a maioria dos alunos escolhia as cores que usariam para realizar o desenho e pensavam sobre o que desenhar, João, não suportando esperar até o fim da aula para ver os resultados, aproveitou o fato de que Maria ainda não havia começado o seu desenho e perguntou curioso:

— Maria, o que você mais quer ganhar no Natal?

Sem titubear, ela respondeu:

— Eu quero um bebê! Mas não um boneco, quero um bebê de verdade pra eu poder ser mamãe dele pra sempre.

E quero passar um Natal com neve, igual nos filmes, mas... *aqui no Brasil!* — e inspirou o ar prolongadamente, enquanto olhava para fora da sala através da janela, tentando visualizar o seu sonho. Voltando à realidade, retribuiu a pergunta:

— E você, João? O que você mais quer de presente de Natal?

João estava atônito com a resposta de sua amiguinha. Seus olhos estavam arregalados e sua mente tentava processar e gravar tudo o que havia escutado. Assim que todas as informações foram processadas e arquivadas, ele prosseguiu:

— Eu gostaria de ganhar um carrinho de controle remoto e um boneco do Batman que coubesse dentro dele, assim poderia fazer várias missões com ele, lá dentro.

— Humm, é um sonho legal, e talvez se realize bem mais rápido que o meu — respondeu Maria com um olhar um pouco triste. Apesar da pouca idade, ela possuía plena consciência do tempo que teria de esperar e de como seria difícil — para não dizer *impossível* — viver uma parte de seu sonho.

— Eu acredito no Papai Noel e em milagres de Natal, mas faz muito calor aqui no Brasil, durante o Natal, que é no verão. É sempre muito quente, ainda mais aqui no Rio.

— Eu sei — respondeu cabisbaixa.

O garoto parecia perplexo e um tanto quanto ansioso, pensando sobre sonhos tão distantes. Não sabia mais o que pensar ou dizer para a amiga, mas, em contrapartida, sua imaginação o fazia olhar para o lado de fora da janela e alçar voos que pareciam impossíveis em sua realidade.

Ao passo que Maria e o restante das crianças começavam seus desenhos e os pintavam, coloridos e cheios de vida, João desenhava uma terra distante em sua folha, na qual seus pensamentos voavam para longe, em um território com poucas cores, onde o branco da neve cobria boa parte do local, e uma singela casa destacava-se entre pinheiros e mais pinheiros cobertos de neve.

Nessa terra, ele e Maria saíam de uma casa felizes e de mãos dadas, bem arrumados, dançando juntos ao som de uma música natalina que ecoava pelos ares por todo o ambiente. Flocos de neve caíam romanticamente e os passos da dança deixavam o seu rastro pela neve fofa que, como um tapete branco e felpudo, cobria todo o chão. Lentamente, o volume da música começava a diminuir e todo o ambiente parecia estar sendo cercado e coberto por uma proteção transparente que ele não conseguia identificar. Como se fosse um santuário da natureza ou uma das maravilhas do mundo, todo o local havia sido protegido, resguardado, completamente coberto por uma cúpula de vidro que, subitamente, havia substituído o céu do local.

O vidro ficou um pouco embaçado do lado de fora, e, lentamente, ao passo que voltava à transparência, começava a refletir a imagem de um menino que encontrava-se em pé a sua frente. Era o mesmo menino que, vinte e tantos anos antes, havia sonhado ser o homem que estava de terno e sobretudo elegantes, dançando com a mais bela donzela dentro daquele globo de neve.

DIA 7

Globo de Neve

Ele deu um passo para trás, mas seus olhos continuavam vidrados no globo de neve. João mal podia acreditar que havia encontrado, depois de tantos anos, o presente perfeito, aquilo que havia sonhado viver desde a sua mais tenra idade. Depois de uma árdua procura de anos e mais anos, havia encontrado no mais improvável dos lugares: uma pequena e humilde barraquinha montada na calçada, meio que de improviso, no caminho que percorria para chegar à sua entrevista de emprego na emissora dos seus sonhos.

Havia diferentes opções, formatos e estilos de globos, mas somente *um* assemelhava-se ao de seu antigo sonho. Apenas um era o presente que João havia sonhado achar para fazer com que Maria pudesse ter, de alguma forma, o seu sonho de criança, finalmente, realizado.

Após alguns segundos, admirando os detalhes do globo e relembrando como todo aquele sonho havia começado, João fora abordado pelo comerciante, um homem bem humorado e de aparência simples:

— Bom dia, jovem! Tudo bem? Prazer, Ricardo Pernilongo, às suas ordens!

— Pernilongo? — perguntou João, com um sorriso no rosto e um pouco confuso. — O prazer é meu!

— Dizem que eu apareço quando menos esperam! — respondeu o comerciante, sorridente e com um carisma que lhe era natural.

— Bom, melhor do que Ricardo Boleto! — e os dois riram juntos.

João pegou o globo de neve em suas mãos, o levou para bem perto de sua face para examiná-lo em seus detalhes, e continuou:

— Vou levar esse! — informou, enquanto o devolvia ao comerciante para que ele pudesse embrulhá-lo para presente, esquecendo-se até mesmo de perguntar o preço do produto.

Para ele, era muito mais do que um simples produto, era um presente de Deus, um sinal de confirmação, uma relíquia de um valor inestimável. Ele não tinha dúvidas de que aquele seria o melhor presente de Natal com que Maria poderia sonhar em ganhar. Naquele momento, sentiu-se o menino mais feliz e sortudo do mundo, por ter encontrado o presente perfeito. De brinde, o simpático comerciante ainda colocou dentro de uma caixinha de presentes, junto ao globo, um pequeno recipiente de vidro, e disse:

— Você pode guardar o que quiser aqui. Algumas pessoas colocam joias, outras, areias mágicas e coloridas; você pode colocar até mesmo uma carta ou bilhete com palavras cheias de sentimentos que ficarão protegidas, mesmo se atacadas por águas tempestuosas!

João agradeceu pelo brinde, retribuiu o sorriso do vendedor e despediu-se para prosseguir seu destino.

Ele estava maravilhado com aquele achado inesperado a caminho da entrevista de emprego mais importante de sua vida. Na noite anterior, ele havia terminado de escrever a carta na qual, finalmente, abrira seu coração e alma para que não houvesse mais dúvidas com relação ao seus sentimentos por Maria. Agora, ele tinha o presente pelo qual havia procurado por anos e, de quebra, o modo mais lindo de entregá-lo. Tudo que precisava era de uma situação adequada... Ainda faltava uma semana para o Natal, e João queria encontrar, ou criar, a situação perfeita para aquele momento tão especial.

Fazia calor, muito calor, e o país enfrentava uma das maiores secas de sua história. Mesmo com o sol brilhando forte no céu e bastante tempo de segurança até a entrevista, ele pedalou até a emissora, o mais rápido que conseguiu. Chegando ao local, encontrou uma cafeteria na qual poderia descansar um pouco e preparar-se — pelo menos emocionalmente — um pouco mais. Logo que fez o seu pedido e sentou-se, começou a pensar em como entregaria o presente ou o que poderia fazer para torná-lo ainda mais especial. Tirou o recipiente de vidro de sua mochila, enrolou sua carta até que ela coubesse dentro do vasilhame e ali a guardou, fechando-o com uma rolha de cortiça e certificando-se de que nada entraria ou sairia dali. Dentro do pequeno recipiente, que lembrava uma garrafinha usada para levar cartas de casais apaixonados pelo mar, estava mais do que um simples bilhete ou uma declaração de amor; dentro do vidro estava uma carta que ele havia escrito de próprio punho, despejando ali, em uma singela folha, tudo o que sua boca não tinha sido capaz de confessar à Maria, sua amiga e grande paixão, desde os tempos de escola.

Alguns minutos haviam se passado e, agora, embora

extremamente satisfeito e orgulhoso de seu achado, João percebeu que achar aquele presente não seria o desafio mais difícil daquele Natal. Após toda a procura para achar o globo, bem como as palavras certas para sua carta, um último desafio se apresentava para o aspirante a jornalista apaixonado: como criar a situação perfeita para entregar o presente à Maria? Faltavam apenas sete dias para a celebração, e lembrar disso fez seu coração começar a bater mais forte.

De qualquer forma, não queria pensar nisso naquele momento, afinal de contas, ainda teria mais alguns dias para criar o seu plano. Resolveu fechar os olhos, descansar seus sentidos, e dar asas à imaginação, afinal, ele sempre havia acreditado em milagres, em seus sonhos, em histórias fantásticas, por isso ainda havia tempo mais do que suficiente para milagres acontecerem e seus sonhos tornarem-se realidade. *It's Beginning To Look A Lot Like Christmas* tocava na cafeteria, preenchendo todo o local, trazendo uma sensação de nostalgia e paz para a sua mente ansiosa.

O cheiro do café subia como um aroma suave até seu nariz, ao passo que a cafeína presente em seu organismo agitava seus neurônios e ajudava na criação de novas ideias e planos. Apesar de todo o ambiente propiciar paz de espírito que aguçava sua imaginação, ele sabia que existia apenas uma maneira de sentir-se completamente inspirado para pensar sobre os próximos passos que deveria seguir: precisava vê-la!

"Mas, papai, por que ele demorou tanto tempo para comprar um globo de neve para a Maria? Não existiam outros globos, antes?", perguntou minha doce filha.

"Sim, querida, sempre existiram muitos globos de

*diferentes cores, formatos e estilos. Mesmo assim, João
nunca achou um que realmente fosse especial, da maneira
como achava que Maria merecesse. Isso era o que achava,
pelo menos... Ele havia passado a vida toda procurando e
esperando pelo melhor presente."*

Ainda no café, ele começou a contemplar todo o
ambiente da emissora, na qual Maria era uma das
mais promissoras jornalistas. João, mesmo tendo se
formado em Relações Internacionais, também sonhava
em trabalhar ali como jornalista — de preferência ao lado
dela —, e seu sonho nunca esteve tão perto de se realizar.
Enquanto isso, trabalhava como editor em uma pequena
editora da cidade e investia o restante do tempo em seu
blog, um portal de notícias sobre diversos assuntos, com
teor investigativo e político, bem característico de seu
trabalho.

Apenas João e seu melhor amigo Renato (fotógrafo,
publicitário e coordenador do setor de marketing da
editora) trabalhavam diretamente no blog, canal do
YouTube e em suas páginas nas redes sociais. Após
três anos e meio de existência, o pequeno canal de
notícias começava a gerar seus primeiros lucros, ainda
insuficientes para pagar as despesas mais significativas
de ambos e permitir que abandonassem seus empregos
fixos; mas era um começo. Apesar de todos os problemas
e dificuldades, os dois amigos seguiam empolgados com
cada acesso, cada comentário e compartilhamento de
suas reportagens e postagens.

João chegou mais cedo do que o horário marcado,
justamente para poder tomar um café, dar um pulo ao
banheiro para ajustar sua roupa e tirar alguns minutos
para se preparar para a entrevista. Ele já havia feito

inúmeras entrevistas em sua vida, mas essa era diferente. Muito diferente. Era sua chance de trabalhar perto de Maria, talvez no mesmo prédio, no mesmo setor; talvez até mesmo — e isso era uma imagem recorrente em seus sonhos mais fantasiosos — trabalhar junto dela , lado a lado, em reportagens incríveis e histórias fantásticas que eles teriam a oportunidade de contar juntos.

Embora fosse bom sonhar acordado, por alguns minutos, já estava quase na hora de sua entrevista e não havia mais tempo para ser gasto fora da realidade. João jogou um pouco de água no rosto, limpou as lentes dos óculos, deu uma última penteada no cabelo, conferiu se a roupa estava alinhada e bem arrumada, e saiu em direção à sala de seu entrevistador. A cada passo, dezenas de pensamentos e sensações inundavam seu corpo e mente. Além do componente emocional, que era inflamado ao mais sutil pensamento no qual Maria aparecia, a parte racional de seu ser era igualmente motivada pela possibilidade de, finalmente, trabalhar em uma grande empresa, e logo em uma das emissoras de maior prestígio do Brasil. Ele mal podia se conter. Seus passos, cada vez mais firmes, marcavam o ritmo de sua breve caminhada até o departamento designado para a entrevista. Ao abrir a porta do elevador, um grande *hall* apresentou-se ao rapaz que, ainda impressionado com a estrutura do lugar, foi andando lentamente até a mesa de uma secretária, enquanto admirava os quadros, enfeites e detalhes do salão de entrada do departamento.

— Olá, posso ajudá-lo? — perguntou uma simpática secretária com sotaque hispânico.

— Sim, oi! Meu nome é João Pedro Novaes, estou aqui para uma entrevista com o senhor Paulo Miranda, coordenador do setor de jornalismo.

— Ah, sim. Ele está em uma ligação, mas logo te chamará para a entrevista.

— Muito obrigado! — respondeu o garoto, e dirigiu-se a uma das cadeiras para aguardar.

Depois de poucos minutos, a secretária o chamou e indicou a porta da sala na qual seria realizada a reunião. João prontamente levantou-se, andou na direção indicada e, depois de três batidas, abriu a porta e adentrou a sala.

— Bom dia, meu jovem! Como você está?

— Bom dia, senhor Miranda. Estou muito bem, e o senhor? — respondeu João, enquanto apertava a mão do coordenador do setor de jornalismo da emissora, um dos mais famosos radialistas e apresentadores do Brasil.

— Obrigado, bem também. Vamos cortar um pouco as cordialidades e ganhar um pouco de tempo para que nosso dia renda mais. Antes de mais nada, pode me chamar apenas de Paulo. Segundo ponto, e talvez o mais importante: por que você quer trabalhar aqui com a gente?

João notou que seu currículo, com algumas anotações feitas a lápis, estava bem em frente ao laptop de Paulo. Ele parecia ser, pelo menos na TV e no rádio, um homem bem direto, mas, também, atencioso e divertido — até certo ponto. Com a certeza de que todas as questões mais técnicas já haviam sido analisadas em seu currículo, João resolveu partir para uma abordagem um pouco mais pessoal, mesmo sabendo dos riscos dessa decisão.

— Eu amo contar histórias, desde que era pequeno. Criava enredos, curtas e as mais incríveis histórias fantásticas com meus bonequinhos. Escrevia algumas, atuava em outras, apresentava as melhores nas reuniões de família. Com o passar do tempo, esse desejo e amor por contá-las só foi aumentando... e, aqui estou hoje, querendo contar algumas histórias mais reais também.

— E, atualmente, você trabalha em uma editora de livros?

— Sim, eu sou formado em Relações Internacionais, estudei...

— Não, não vem ao caso a sua formação, só quero saber como foi parar lá.

João sentiu um ar gelado abraçando seu corpo, respirou fundo, ajeitou-se na cadeira e continuou:

— Como foi uma das primeiras oportunidades que apareceram, depois de formado, acabei aceitando o desafio e, depois de alguns meses, me senti em uma zona de conforto, na qual foi fácil me estabilizar e ficar um pouco mais tranquilo... financeiramente.

— E o que motivou a sua saída dessa zona de conforto, agora? Até onde eu sei, não anunciamos essa vaga, nem nenhuma outra vaga específica, nas últimas semanas...

Ao ouvir tal pergunta, seus pensamentos automaticamente voaram até Maria, sua beleza, as memórias que compartilharam desde a infância, cada sorriso e som de risada que ele havia guardado a sete chaves dentro de seu coração, durante tanto tempo. Voltando sua atenção ao entrevistador, esforçou-se para fechar as portas dessas memórias.

— Digamos que eu fiquei sabendo da necessidade e da procura por um repórter de campo, que tivesse muita determinação, força de vontade e talento. Não posso dizer minhas fontes, mas saber disso não contaria como uma certa qualidade investigativa? — Até ele mesmo surpreendeu-se com o excesso repentino de confiança, com o qual seu corpo havia sido inundado. Aproveitando a empolgação do momento e a descoberta de uma caneca do Batman ao lado do laptop do entrevistador, João aproveitou para emendar, depois de dar uma leve ajeitada em seus óculos: — Clark Kent também não tinha muita experiência com jornalismo antes de entrar para o *Planeta Diário*, e olha só o baita profissional que eles contrataram! Muitas vezes, seguir a nossa intuição pode ser a decisão mais racional a se tomar!... Você não acha?

Todas as cartas haviam sido lançadas na mesa. Considerando que as entrevistas de emprego sejam uma espécie de jogo de poker, João havia ido *"all-in[1]"*, simplesmente apostando tudo que tinha com o seu entrevistador. Mesmo com um pouco de receio e o coração acelerado, ele sentia-se bem e tranquilo com o seu comportamento mais ousado e corajoso nas últimas frases. Paulo, que até então olhava fixamente para ele, com olhar interessado, mas com semblante sério, de repente, esboçou um leve sorriso com o canto da boca, o que ajudou a quebrar o gelo entre eles, ainda mais. Após um breve silêncio de poucos segundos, o entrevistador mostrou suas cartas.

— Eu gosto da sua atitude, você fala bem e parece ter muito potencial. Sim, de fato estamos precisando de alguém com esse perfil para essa vaga, mas você não é o único nome que temos como opção. Como te disse, gostei da sua postura e palavras, mas as ações chamam mais a minha atenção do que uma boa oratória e referências *nerds*. O seu portfólio ainda está bem "cru", muito político, e você precisa de experiências mais significativas... Porém, façamos o seguinte: estamos produzindo muitas matérias que abordam futebol, comida, religião, seca... Não aguento mais ouvir sobre as mesmas coisas. Eu quero, e preciso, de algo diferente, denso, novo! Estamos em pleno dezembro e, não sei direito o porquê, mas tenho ouvido falar pouco sobre o Natal, nos últimos anos.

Me dê uma boa *história de Natal*, com um *belo Papai Noel*, até o dia vinte e quatro, véspera de Natal, e então, nós conversamos melhor sobre essa vaga. Se for boa o bastante, talvez até possamos colocar no ar no dia de Natal! Quero a matéria escrita e filmada; assim, posso ter uma ideia melhor das suas qualidades jornalísticas. Espero que bloqueio criativo e prazos apertados não sejam a sua *kryptonita!* — Paulo terminou a fala com uma leve risada que resplandecia o seu lado *nerd* cheio de nostalgia.

— Obrigado, Paulo, eu garanto que, esse ano, você terá uma agradável surpresa de presente de Natal! — disse João, passando o máximo de confiança que podia, com a sua voz e linguagem corporal, embora seu interior estivesse borbulhando de ansiedade.

— É um prazer, garoto! Boa pesquisa e gravação! — respondeu Miranda, um tanto quanto impressionado pela postura do rapaz, mas ainda sem dar muito crédito à futura matéria.

— Mais uma vez, muito obrigado!

João apertou a mão de Paulo e saiu da sala, fechou a porta e, com os olhos fechados, respirou profundamente para recuperar um pouco o fôlego e baixar o ritmo dos batimentos cardíacos.

* * *

De volta ao café no saguão de entrada da emissora, João pediu um expresso pequeno para ajudar a ansiedade. Depois de anos tomando café e mais café para lidar com quase todas as situações e emoções, o líquido escuro já produzia um efeito quase calmante em seu organismo. Enquanto escutava uma *playlist* de músicas de Natal, aproveitava para ler e reler sua carta, revisando cada palavra, cada letra, para certificar-se de que estava tudo bem e também para relembrar das boas sensações que sentiu ao escrevê-la. De repente, em meio a dezenas de pessoas que circulavam pelo local, percebeu a porta automática do prédio abrir-se e viu sua mais antiga amiga entrar no saguão.

Seus olhos acompanhavam, com admiração, cada passo que ela dava — *em câmera lenta* —; o modo como seu cabelo era perfeitamente arrumado e sua pele cor mocha irradiava um brilho impossível de ser ignorado por todos ao seu redor. Era como se ele estivesse assistindo, ao vivo, a uma cena de um filme de romance, vendo uma antiga poesia romântica em movimento, começando a compreender melhor os mistérios da beleza. O planeta girava devagar, o silêncio deu lugar a uma música forte e envolvente que vinha de seu fone de ouvido, o vento do ar-condicionado da cafeteria soprava suave, aliviando o calor escaldante daquela tarde de dezembro. Até que o tempo virou e as nuvens de suas emoções começaram a escurecer.

João rapidamente guardou a carta dentro do recipiente de vidro, colocou-o na caixinha de presente ao lado do globo de neve, e jogou tudo para dentro de sua mochila. Terminou o café com um último gole, e foi em direção à ela. Quando estavam a poucos metros de distância, seus olhos encontraram-se e Maria deu um pequeno grito com os olhos arregalados, como se estivesse vendo um fantasma à sua frente:

—*JOÃO?!* Ah, eu não acredito! O que cê tá fazendo aqui?? Quanto tempo!!

— Pois é! Oi... — e abriu um leve sorriso um pouco tímido. — Eu... eu fiquei sabendo dessa vaga que abriram pra repórter e vim fazer a entrevista, hoje.

— Vaga pra repórter? Eu nem tava sabendo... Por que não falou comigo? Eu podia te ajudar de alguma forma, falar com alguém, sei lá...

— Não, capaz, nem esquenta. Eu queria que fosse surpresa, de qualquer jeito. Bom, agora já não será surpresa, mas acho que ainda vai demorar alguns dias pra sair a resposta...

— Bom, se precisar de alguma coisa, indicação ou qualquer outra coisa, pode sempre contar comigo! Você sabe disso. E, independentemente do resultado, é muito bom te ver aqui! — disse Maria, dando um abraço apertado em seu amigo.

João retribuiu a força do abraço e fechou os olhos por um instante, esquecendo-se de todas as pessoas que transitavam ao seu redor e de todas as preocupações que tinha em relação à entrevista e demais áreas de sua vida. Quando reabriu os olhos, ainda abraçado com sua amiga, percebeu que a porta principal do prédio também abria-se novamente... mas de uma forma um pouco mais dramática, dessa vez!

Enquanto as duas metades da porta deslizavam, cada qual para um lado, era possível ver um sujeito alto e forte sair quase saltando de um carro esporte conversível, enquanto todos no recinto paravam para admirá-lo e tirar fotos de todos os ângulos ao seu redor. Ele era, simplesmente, um dos mais prestigiados e bem-apessoados atores da emissora, o galã da novela das nove, o rosto que estampava quase todas as revistas de fofocas dos meses anteriores. Devido a uma gravação para um quadro especial de um dos programas da emissora, ele havia sido chamado até o setor de jornalismo. Maria percebeu o alvoroço causado no saguão, olhou para trás e, tão logo seu olhar encontrou-se com o do ator, ele abriu os braços e apertou os passos em direção à jornalista. João, não entendendo direito o que estava acontecendo, apenas testemunhava a cena, sem saber ao certo o que fazer ou como reagir.

Ao se encontrarem, os dois grudaram-se num forte e quente abraço, com a estrela da emissora elevando Maria e girando-a no ar. Era como uma cena de um filme de romance dos mais piegas e clichês que existem, mas que, para João, parecia ser o filme de terror mais real que ele já havia assistido.

Mas, claro que não era apenas isso. Eles se beijaram, timidamente, colocando as mãos ao lado do rosto um do outro como que para "esconder" um pouco das câmeras dos celulares o que estavam fazendo. Apesar dos boatos e fotos que vazavam de vez em quando, nenhum dos dois havia assumido o relacionamento, à medida que João iludia-se mentindo para si mesmo que todas as evidências não eram reais ou que tudo aquilo seria apenas um fogo de palha. De qualquer forma, o choque de realidade foi duro e implacável. Era como se eles estivessem em uma das cenas da novela, mas, ao mesmo tempo, foi bem diferente dos beijos técnicos e falsos que ele dava, no auge de sua atuação. Aquele era verdadeiro, e fez com que Maria rapidamente o fizesse parar, afastando o seu rosto e dando uma doce risada ao lembrar-se de que seu amigo, e dezenas de funcionários da emissora, estavam ao redor deles presenciando tudo aquilo. O desconforto repentino fez com que ela se recompusesse e, após falar algo ao pé do ouvido do galã, voltou-se para o seu velho amigo:

— João, acho que vocês não se conhecem. Esse é o Pedro, você já deve ter visto ele...

— Ah, sim, várias vezes! Prazer, João! — e estendeu a

mão em direção ao ator. — Minha mãe te assiste todos os dias! — continuou, com um sorriso sem vida na boca.

— É um prazer te conhecer, João! — respondeu Pedro, esforçando-se para demonstrar algum interesse.

— Acho que você ainda não sabia, né, João? — disse Maria, meio sem graça. — Na verdade, poucas pessoas sabem, estamos tentando manter nosso namoro em segredo, pelo menos enquanto a novela ainda está no ar, mas... acho que não vai dar pra esconder por muito mais tempo, né, amor? — perguntou Maria ao ator.

— É verdade, meu amor! — respondeu Pedro num tom confiante e forte.

João, completamente deslocado e sem chão, interrompeu o momento fofo do casal e disse a primeira coisa que lhe veio à mente, para que pudesse fugir dali o mais rápido possível.

— Bom, na verdade eu já tava indo, preciso ir pra outra entrevista, agora (*"ele não tinha outra entrevista coisa nenhuma"*) e ainda arrumar umas coisas pra uns trabalhos de fim de semana pro meu blog (*"quanto mais ele falava, mais se atrapalhava nas palavras"*). Foi um prazer te conhecer!

— O prazer foi meu, João! — respondeu Pedro.

— Você não quer conhecer a Redação e um dos estúdios, rapidinho, e dar um oi pro pessoal que trabalha comigo? — convidou Maria, um pouco sem jeito e sem saber direito o que fazer, naquela situação.

— Talvez um outro dia — respondeu João —, eu já tô meio atrasado, na verdade.

Na verdade, ele não tinha nenhum outro compromisso naquele dia.

João deu um leve abraço de despedida em Maria, apertou a mão de Pedro, e tomou o caminho da porta, segurando firmemente as alças de sua mochila. Estava perplexo, sem palavras, borbulhando uma mistura de indistinguíveis emoções em seu interior; seus olhos não piscavam; sua pele empalidecia um pouco mais a cada passo. Conforme ia recuperando sua consciência, suas forças também retornavam e, agora, precisaria exteriorizar de alguma forma tudo o que o afligia em seu interior.

Quando pegou sua bicicleta e começou a pedalar, não teve que pensar nem por um segundo para onde ir. Havia uma praia, um local, uma areia tão única e especial, onde ele podia simplesmente descansar e reorganizar seus pensamentos. Algumas pessoas saem para caminhar, outras comem chocolate ou contam até dez, inspirando e expirando lentamente... — nem que seja por umas cinquenta vezes —; João, por sua vez, ia para a Enseada de Botafogo. Havia algo de mágico naquele lugar, e não somente por causa da vista de tirar o fôlego ou da fama que aquele local paradisíaco possuía. Era algo a mais, único e especial. Talvez fosse algo na areia, ou na relação da praia com o mar e os barcos, lanchas e iates que ali paravam, ou até mesmo na atmosfera preenchida de toda a carga histórica, ainda presente e viva ali. Para João, era o seu local de escape. Uma caverna, um esconderijo a céu aberto, o local em que encontrava paz, liberdade e sossego, mesmo que cercado por centenas de pessoas e embarcações.

Para muitos, uma foto em um dos mais belos cartões postais da cidade; para outros, fonte de um descanso merecido e a dose diária de Vitamina D; para o garoto, momentos de contemplação e encontro consigo mesmo e com o divino. Buscando pela memória, talvez a escolha desse destino tivesse sua origem e explicação nas inúmeras vezes que sua mãe o levara para a enseada quando pequeno, fugindo assim das aglomerações e agito das outras praias; ou, talvez, fosse pelo fato de que seu pai era apaixonado pelas embarcações e, sempre que tinha a chance, comprava réplicas e mais réplicas de madeira para que pudessem montar e pintá-las juntos; logo, esses momentos eram memórias afetivas, rapidamente invocadas à superfície sempre que ele encontrava os barcos ali parados; ou, ainda — e esse era o principal motivo para ele —, a razão da paixão e escolha pelo local dava-se por um fator muito mais forte, intenso, e até mesmo *espiritual*: era ali, sozinho e vulnerável, nas areias da praia, onde ele sentia-se mais protegido do que em qualquer outro lugar. Ao olhar para a frente, o Pão de Açúcar levantava-se imponente das águas; atrás de si, a figura de Cristo, olhando toda a cidade, abria seus braços, simbolizando assim todo o cuidado e zelo do Senhor para com os seus.

Chegando à enseada, não muito movimentada naquela tarde, João comprou logo três saquinhos de coquetéis de frutas de um vendedor ambulante, andou lentamente por alguns metros pela areia, contemplando as marcas que seus pés deixavam pelo caminho; deitou a bicicleta ao seu lado, sentou-se e, tirando a caixinha de presente de sua mochila, começou a encarar o mar.

Naquela tarde, diferente de qualquer outro dia, a atmosfera parecia ter algo de diferente. De peito estufado, o jovem aspirante a jornalista investigativo queria lutar contra a natureza em toda a sua força e fúria, fosse ela a natureza física, a qual podia ver e tocar, ou a psicológica e emocional, as quais o corroíam por dentro. Pegou o globo de neve e a carta em sua redoma de vidro, levantou-se segurando-os bem forte no meio das duas mãos juntas, e fez uma breve oração em silêncio: *Pai, que seja feita a Tua vontade. Eu não consigo mais, não sei mais o que fazer... Eu não aguento mais o peso dessas palavras e emoções!* Suas mãos tremiam, as pálpebras se contraíam em seus olhos... Era como se toda a energia de seu corpo estivesse sendo canalizada para as mãos com os dois objetos protegidos por elas.

Um grito abafado e um pouco rouco saiu pela sua boca, ao passo que ele, com toda a habilidade de um admirador de baseball que nunca havia arremessado uma bola antes em sua vida, segurou os dois objetos com um pouco mais de força, deu uns passos à frente e os arremessou o mais longe que conseguiu, mar adentro.

Seus olhos, agora úmidos, acompanharam com uma certa dificuldade a trajetória dos presentes até que eles, um de cada vez, mergulhassem a dezenas de metros de distância. Alguns segundos depois, quando toda euforia havia diminuído, ele caiu de joelhos e rosto ao chão. Parecia estar orando, ou suplicando algo a Deus, mas sua voz era inaudível a qualquer um que ousasse escutá-lo ou compreender o que se passava em sua mente naquele momento.

Levantou-se devagar, andou alguns metros distanciando-se do mar, tomou um pouco de cada um dos coquetéis, e deitou-se na areia de barriga para cima, com suas mãos protegendo os seus olhos dos raios do Sol. Sua temperatura corporal elevou-se rapidamente, ao passo que seus músculos relaxavam e sua mente se acalmava. Após alguns minutos esparramado na areia fofa da praia, todo o seu corpo estava mais relaxado, leve, consequentemente, entrava em um estado de sonolência cada vez maior. Já não estava completamente acordado, quando ouviu uma voz imponente, com sotaque estrangeiro, soar por perto:

— *Diiii aaaaa   di ii fíííciilll??* (sons de uma doce risada ecoando pelo ar)

João abriu seus olhos lentamente e com certo esforço, devido ao ataque dos feixes de luz que furavam a barreira de seus dedos e atingiam seus olhos. Vagarosamente, virou seu rosto para a direita e espiou por entre os dedos. Como que vendo uma miragem em um deserto, custava-lhe acreditar no que estava ao seu lado: um senhor com uma formidável barba e cabelos brancos, com uma saliente barriga, que era coberta por uma fina camisa florida, usando óculos de sol estilo Aviador e com um copo de caipirinha em uma das mãos.

* * *

O excêntrico senhor, que parecia ter saído de um filme de Natal estadunidense de décadas atrás, estava sentado na areia e olhava em direção de João como que ainda esperando por uma resposta para a sua pergunta. O aspirante a jornalista, que vivia correndo atrás das histórias mais surpreendentes, únicas e interessantes possíveis para fazer reportagens especiais para o seu blog e canal no *YouTube*, agora testemunhava um dos personagens mais icônicos de sua vida, aparecendo de uma maneira bem inusitada, o que o deixava surpreso e mais curioso a cada segundo. Rapidamente, ajeitou o corpo para ficar na mesma posição de seu interlocutor, fechou os olhos e fez uma forte massagem em suas pálpebras, em uma tentativa de desembaçar sua visão antes de olhar para o lado novamente.

Após certificar-se de estar realmente acordado e sóbrio — ou, quase totalmente sóbrio —, João fez a forma de uma aba de boné com suas mãos, criando assim uma espécie de tenda para seus olhos, e olhou diretamente para o senhor ao seu lado. Ao passo que sua visão tornava-se mais nítida, sua curiosidade aumentava na mesma proporção. Respirou fundo, e respondeu:

— Já tive melhores... bem melhores. E o senhor? A situação tá tão difícil que não conseguiu nenhuma vaga em algum shopping ou loja de brinquedo esse ano?

— É... pois é! — e deu uma gargalhada alta e gostosa de se ouvir. — Mas, pensando bem, acho que eu estava precisando de umas férias... — respondeu o senhor com um sotaque norte-americano bem carregado. — Prazer, eu sou Robert!

— O prazer é meu, Robert. Eu sou o João — e apertaram as mãos. — Sério, com uma barba dessas você poderia ganhar bastante dinheiro esse mês! — João olhou para a enseada à frente, refletiu por um segundo e continuou: — Bom, mudando um pouco a perspectiva, acho que estar aqui é melhor do que embaixo do ar condicionado dos shoppings! — e soltou um riso espontâneo e um pouco culpado ao se lembrar dos amigos que estavam fazendo hora extra no sábado.

— Sim, sim! Vou ter que concordar com isso! — respondeu com uma doce e encorpada risada.

João arregalou os olhos e sentou-se rapidamente. Ele já tinha ouvido aquela risada antes, em algum filme, animação, ou em alguma situação de seu passado que não estava clara em sua memória. Era impressionante o quão familiar aquele som era para ele. Talvez aquele senhor fosse algum famoso dublador, ou até mesmo um amigo íntimo de sua família; alguém próximo o bastante para gerar memória sensorial tão forte e duradoura.

— Eu já me vesti muito com aquela roupa vermelha...

Foi um tempo muito bom em minha vida! — continuou o senhor, e suspirou enquanto olhava para os barcos pela enseada.

— O senhor já trabalhou muito como Papai Noel, então?

— Eu não diria que foi um trabalho... Quando você ama a sua arte, é mais como um sacerdócio.

— Você fala como um verdadeiro artista... — disse João, esforçando-se para que suas palavras traduzissem um pouco a admiração que sentia naquele momento.

— Ator profissional de teatro por várias décadas. Atuei nos palcos dos Estados Unidos e em muitos outros lugares pelo mundo inteiro. A roupa vermelha e demais acessórios sempre me acompanharam, depois que a barba começou a ficar branca! — e riu, enquanto brincava com ela fazendo uma trança meio desgrenhada perto do queixo.

— E por que não, nesse Natal?

— Ah, não, rapaz... estou no meu ano sabático e, além disso, acredito que já me aposentei desse personagem. Como é que vocês dizem por aqui... já... *"pendurei as botas"*?

— "Pendurei as chuteiras"... são as *"botas"* que a gente usa pra jogar futebol.

— Pendurei as chuteiras... Pois bem, já pendurei as minhas! — e riu novamente.

— E, o que te faria mudar de ideia e jogar mais uma vez? — João perguntou intrigado, curioso para saber a razão que fizera com que um ator tão parecido com um dos personagens mais famosos do mundo, não quisesse mais interpretar o bom velhinho; ao mesmo tempo que centenas de possibilidades já invadiam sua cabeça, e assim imaginava aquele senhor vestido como Papai Noel, participando de alguma forma de sua matéria jornalística para o Natal!

— Não acho que eu conseguiria voltar a campo... não depois dessa aposentadoria.

— Nada *nada* mesmo? Nem se fosse uma final de Copa do Mundo?

— Se fosse Estados Unidos contra o Brasil na final, acho que eu consideraria! — e os dois riram juntos mais uma vez. Robert desviou os olhos para a água à sua frente e seu olhar parecia perder-se em contemplação. Depois de um breve momento, continuou: — Saindo do universo das competições e eventos esportivos... acho que somente a pureza de uma água tão límpida, viva e cheia de sentimentos como as águas que vêm da fonte de nossa alma e mantém-se iguais, puras, em qualquer situação, lugar e mesmo em três estados diferentes, me fariam colocar a roupa vermelha mais uma vez. — Ele ficou em silêncio como se refletindo por mais alguns segundos, antes de concluir: — O Natal hoje em dia se tornou muito comercial, muito artificial, cheio do consumismo e de várias outras coisas que me fizeram querer certa distância dele. Se eu sentisse novamente o significado, a beleza e a magia do Natal, algo tão puro e belo, a ponto de me fazer chorar lágrimas verdadeiras de amor, alegria e compaixão, acho que, então, eu poderia colocar as minhas chuteiras mais uma vez...

João apenas escutava e absorvia as palavras do Robert, como um bom aluno em sua aula preferida. Enquanto falava, o senhor estrangeiro contemplava toda a beleza e esplendor da paisagem iluminada pelos últimos raios solares daquela agradável tarde de sábado. Enquanto o Sol preparava-se para se despedir e seguir seu caminho pelo horizonte, o garoto percebeu que havia terminado mais um coquetel, ao ver o saquinho vazio. Ele não se lembrava exatamente de quantos havia tomado, mas achou por bem considerar aquele como o último.

Os dois continuaram conversando por mais alguns minutos, navegando por assuntos mais leves (como a dieta vegana de Robert e sua vontade de estudar mais a fundo a língua portuguesa) para aliviar um pouco a carga, evidentemente pesada, que o rapaz havia trazido ao chegar àquele local. Apenas um pequeno pedaço do Sol podia ser visto despedindo-se atrás do morro, quando Robert se deu conta do horário e disse que precisava partir. João parecia estar bem mais tranquilo, embora ainda deixasse certo ar triste transparecer, sempre que o diálogo era interrompido pelo silêncio, mesmo que breve.

O garoto levantou-se para se despedir e os dois se abraçaram. Não era um abraço de cumprimento nem de despedida, mas algo quase paternal. Mesmo que nunca tivessem se encontrado antes, de alguma forma, tudo aquilo acontecia de forma natural. Talvez os drinques tivessem facilitado um pouco a fluidez da conversa e quebrado qualquer gelo que a falta de intimidade na primeira conversa de desconhecidos poderia apresentar, mas João sentia que não era por causa do álcool. Robert deu dois tapinhas no ombro direito de seu novo amigo, como que agradecendo pela conversa, e acenou com a cabeça despedindo-se.

— Ah, garoto... antes que eu me esqueça — disse, virando-se para João. — Sei que não é fácil, a verdade às vezes dói, mas acredite que a sua noite mais escura pode se transformar no dia mais brilhante de todos; o seu pior momento pode ser um trampolim para uma grande bênção; o seu maior fracasso pode se tornar o maior milagre de sua vida.

João ouvia atentamente, mesmo sem entender muito

bem como aquilo poderia materializar-se em sua realidade. Ainda um pouco cético com relação aos dizeres do senhor, indagou:

— E como eu vou saber se isso é realmente verdadeiro e possível?

— Se você nunca deixar de acreditar e lutar, um dia saberá — respondeu o senhor, concluindo o seu pensamento com um gentil sorriso no rosto.

Ele fixou o olhar nos olhos do rapaz, acenou com a cabeça mais uma vez e seguiu caminhando até entrar em um Fusca verde-musgo, que encontrava-se parado na calçada perto da areia. Havia um motorista já dentro do carro que, de longe, parecia ser uma criança que havia roubado o carro de seus pais para dar uma volta com os amigos. Forçando um pouco os olhos para conseguir enxergar melhor, João pôde ver que, na verdade, tratava-se de um homem pequeno, o qual não parecia ter qualquer grau de parentesco com o alto e encorpado senhor.

João levantou a mão direita despedindo-se, enquanto o carro ia embora pela bela Avenida das Nações Unidas, e ficou mais alguns minutos por ali, apenas contemplando a imensidão do céu e a calmaria daquelas águas. *Devia ter conversado mais com ele ou pedido o seu número de telefone, pelo menos*, pensou o garoto, ainda um pouco atordoado pela surpresa do encontro e as frases que tinha acabado de ouvir na breve conversa que tiveram. Com receio de esquecer os principais pontos da conversa e pensando que talvez pudesse usar alguns deles em sua matéria para a emissora, tirou o seu bloquinho de notas do bolso e rapidamente começou a escrever tudo aquilo que mais lhe havia chamado atenção durante a conversa.

Ele tirou os tênis, dobrou a barra da calça, andou um pouco pela areia e foi em direção às águas até que cobrissem a metade de suas canelas. Olhou para frente, tentando relaxar e não pensar muito nos últimos acontecimentos daquele dia, mas essa era uma tarefa quase impossível.

O fim da tarde já estava à porta, e centenas de diferentes pensamentos e conjecturas inundavam sua mente... *Eu preciso de uma história eu nunca vou conseguir chamar sua atenção ela é tão linda apenas sete dias ou seis agora que esse já está acabando o que eu tô fazendo aqui parado de onde será que ele veio para onde eu tô indo acho que tá na hora de fazer alguma coisa diferente ou eu nunca vou viver esses sonhos ele me disse pra nunca deixar de lutar e acreditar será que um dia eu vou saber essa é a hora não dá mais pra esperar ele me disse que a noite mais escura pode se tornar o dia mais brilhante ele me disse ele me encontrou mas que sujeito excêntrico e fascinante e eu nem perguntei pra onde ele tava indo e eu preciso terminar essa conversa e... é isso! eu preciso terminar e contar essa história! acho que tenho um personagem e o começo de uma história!*

João saiu correndo com seus pés batendo na água rasa, fazendo *splash / splash / splash / splash*, de modo que a água subia alto, e o aspirante a jornalista sentia-se em um filme, como se aquela fosse uma cena em que ele estava fugindo de perigosos piratas ou chegando de uma aventura de vários meses, investigando grupos que, ilegalmente, caçavam animais pelos mares. A diferença é que, em sua realidade, ele estava no início da história, dando ali os primeiros passos do começo de sua aventura. Talvez a maior aventura de sua vida até aquele momento! Havia um novo sorriso em seu rosto, esperança em seu coração, e seguiu o seu caminho pedalando de volta para casa, sem pensar muito no que havia acontecido antes da praia.

* * *

Chegando a casa no começo da noite, mesmo antes de tomar um banho para relaxar, depois do dia cansativo que tivera, João ligou para Renato e, assim que foi atendido, já foi logo despejando tudo...

— Cara, cê não vai acreditar!

— Sim, eu adoro como você confia na minha incredulidade!

João começou a abrir todas as gavetas de sua memória recente à procura de uma maneira de iniciar a conversa e contar tudo sobre aquela situação inusitada para seu amigo.

— Não, é sério! Eu não sei nem por onde começar... *peraí*...

— Pelo começo, talvez seja uma boa ideia! Ou, talvez pela entrevista? Você só fala nisso há semanas... Como foi lá?

— Ah, sim, a entrevista! Humm, foi legal, vai dar tudo certo... Mas, depois da entrevista, você não vai acreditar! Eu encontrei a Maria na emissora; ela apareceu na minha frente; a gente tava conversando; eu tive que, rapidamente, esconder o globo de neve e a carta dentro da mochila pra ela não ver, mas quando tudo tava indo bem e tal, o cara apareceu... e eles se beijaram! Na minha frente, cara!!

— Calma, calma! Que globo de neve? E que cara? O ator?

— Ah, depois eu te explico tudo sobre o globo de neve. E, sim, o Pedro de Paula, da novela...

— Mas, e aí, o que cê fez?? Ficou lá parado, olhando pra eles?

— O que eu poderia ter feito?? Eu não fiz NADA! Fingi

que tinha um compromisso, inventei uma desculpa e corri pra Enseada... tipo, o mais rápido que eu pude. A Maria ficou meio sem entender direito, a gente tava conversando tranquilo, antes daquilo e tal, mas foi isso, não tinha como, eu tinha que sair dali.

— E ela não falou nada, nem mandou nenhuma mensagem depois?

— Não, nada... mas, calma, isso não é tudo! Chegando na Enseada, eu peguei uns coquetéis e sentei na areia pra espairecer um pouco, e... acho que meio que fiz uma besteira...

— Lá vem...

— Eu ainda tava sentindo muita... sei lá, raiva, ódio, ansiedade, decepção, tudo junto... e acabei tacando o globo e a carta no mar. Foi meio criancice, eu sei, talvez não devesse ter feito aquilo, mas agora também não faz diferença... eu não ia conseguir entregar nada pra ela, depois do que eu vi hoje. Acho que é melhor não mandar nem carta, nem presente, nem nada. Ela parecia feliz, tava sorrindo, mostrando pra Deus e o mundo aqueles dentes lindos que ela tem, depois do beijo...

— Calma, parece que você ainda tá nervoso com tudo isso... respira um pouco... Por que não tenta mandar uma mensagem pra...

— Ahhh, então, depois que eu arremessei tudo e deitei na areia... — interrompeu, João —, agora que é a parte interessante! Eu não tinha comido quase nada no almoço, ainda tava com o estômago meio vazio e um pouco zonzo... e eu meio que peguei no sono! Sei lá, o calor tava muito forte também...

— Aham... e daí você sonhou com ela...

— Não! Foi muito mais... fantástico! Eu acordei com um cara igualzinho ao Papai Noel do meu lado! Era um senhor estrangeiro, acho que americano, falando português com um sotaque bem carregado e uma barba branca, daquelas de filme mesmo! Sério, cê tem que conhecer ele! Acho que talvez ele até possa nos ajudar com o lance da matéria da entrevista!!

— Que lance da entrevista??

— A matéria sobre o Natal que me pediram... que o coordenador da emissora... ahhh, esquece, não te falei sobre a matéria ainda, né?? É muita coisa no mesmo dia! E a gente ainda tem que falar sobre o roteiro do documentário! Cê tá com sono? Topa tomar uma pra conversar e eu te explicar tudo?

— Tô terminando de cobrir um evento bacana aqui, cheio de empresários e famosinhos e vou ter que correr pra casa depois pra dar uma editada nas fotos; mas cola lá com uns energéticos que a gente pede um lanche e conversa depois!

* * *

João tomou um banho e parou um pouco para respirar e assimilar tudo que estava acontecendo. Passou em uma loja do posto da esquina para pegar uns energéticos e correu para a casa do Renato. Os dois conversaram madrugada adentro sobre tudo que havia acontecido naquele dia e, mesmo estando um pouco desconfiado com relação ao nível de empolgação de seu amigo, Renato escutava tudo com atenção e o ajudava a traçar um plano de investigação e ação para que pudessem encontrar o senhor estrangeiro novamente e contar uma brilhante história de Natal ao seu lado.

Depois de algumas horas, Renato caiu no sono, mas João

não conseguia dormir. Ele sentou-se no sofá com o seu laptop, criou um documento novo para a matéria, pegou o seu bloquinho de notas e começou a tentar organizar todos os seus pensamentos e ideias. Quando tudo estava relativamente organizado, João apagou as luzes e ficou alguns minutos fitando a tela em branco de seu laptop. *Por onde começar? Afinal, o que aconteceu hoje? Quem é esse homem? Por que a Maria nunca me contou nada sobre o ator? Por que eu esperei tanto tempo pra fazer alguma coisa? Como é que eu vou chamar a atenção do pessoal da emissora e contar uma história que seja realmente incrível, diferente e única em tão pouco tempo?* Sua mente viajava para longe, enquanto a cidade dormia tranquila lá fora — com exceção de quem estava festejando — e seu amigo roncava num volume que o obrigou a colocar os fones de ouvido.

De um jeito ou de outro, sabendo ou não o que estava acontecendo ou iria acontecer, com ou sem inspiração, ele *precisava* escrever. Não havia maneira melhor do que simplesmente começar, uma palavra por vez, sem pensar muito no próximo capítulo. Divagando sobre como começar, sobre qual seria a primeira frase de sua matéria e em tudo que havia acontecido naquele dia nada comum em sua vida, uma frase dita pelo estrangeiro havia lhe chamado a atenção e João decidiu começar o seu texto por ela: ***"O seu maior fracasso pode se tornar o maior milagre de sua vida."***

Apesar de toda a adrenalina, curiosidade e empolgação com o encontro inesperado, aquele não tinha sido um dia fácil para ele. A imagem de Maria beijando o famoso ator, ainda rondava sua mente e aparecia sempre que havia uma brecha em seus pensamentos. Ele fechava os olhos, apertava suas pálpebras, mas a visão teimava em aparecer constantemente. Ele abriu uma de suas *playlists* no aplicativo de músicas e, aleatoriamente, a canção *Uptown Girl*, de Billy Joel, começou a tocar, o que fez com que ele pensasse ainda mais em Maria com o seu namorado — não tão secreto agora.

Depois de mais alguns minutos lutando contra as visões de sua musa inspiradora e com apenas uma frase escrita para a matéria, João convenceu-se de que aquela frase já era o bastante e, mesmo sendo curta e simples, era uma centelha que o motivava a procurar o estrangeiro, produzir a matéria, e também mostrar para Maria que, embora não fosse famoso e rico como o seu namorado, ele também podia contar histórias tão incríveis e mágicas quanto as que ela via na TV e no cinema. Ele desligou o laptop, guardou sua fé, protegida das incertezas que nossos olhos veem na realidade humana, e fechou os olhos para fazer uma oração antes de dormir.

Faltavam seis dias para a véspera de Natal.

DIA 6

Estrelas

João pulou da cama, logo que o Sol apareceu na manhã de domingo, algo extremamente raro para um dia de fim de semana. Quando mais jovem, era comum acordar cedo, aos domingos, para ir à igreja ou passear com a família; hábitos que começaram a ficar cada vez mais escassos, depois da entrada na universidade. Mesmo depois de ter compartilhado com o seu amigo todos os detalhes do dia anterior, ele mesmo parava de vez em quando para fechar os olhos, respirar e se beliscar, certificando-se de que tudo havia sido real. Seus pensamentos não paravam e não o deixavam descansar. Havia muito a ser feito e um dia já havia se passado.

Renato ainda dormia, quando João deixou a casa — um pequeno apartamento, desses de estudantes — para fazer um pouco de pesquisa pelas ruas da cidade, acompanhado apenas de sua bicicleta. Ele precisava colher qualquer informação ou detalhe que o levasse até o estrangeiro. Algumas pessoas dizem que nossa intuição pode ser uma forma de Deus conversar conosco, e João começava a entender e a viver isso como nunca havia antes. Era algo novo e desafiador para ele, mas, ao mesmo tempo, emocionante e tentador.

Era hora de arriscar, e ele sabia muito bem disso. Depois de alguns anos formado, ele havia conseguido um emprego em uma editora de livros. Não era o emprego de seus sonhos, mas, depois de tanto tempo na informalidade, fazendo bicos e pulando de galho em galho, o trabalho estável havia colocado sua vida profissional — e em parte a pessoal também — numa zona de conforto, da qual era cada vez mais difícil sair. Alguns anos se passaram, e, o garoto sonhador que almejava mudar o mundo com matérias explosivas e furos de reportagens bombásticas, via seu sonho cada vez mais distante. Mas, era dezembro, e era a semana de Natal, o que fazia com que todos os sonhos, de todas as pessoas, ganhassem um novo sopro de vida e dose extra de esperança.

Decidido a seguir sua intuição e correr atrás do que parecia ser o início de uma história promissora — pelo menos era assim que ele pensava e sentia —, João pegou sua bicicleta e voltou para o único local que poderia ir naquele momento: o local do encontro.

Chegando à Enseada de Botafogo, deparou-se com a mesma areia, o mesmo mar, e até mesmo o Sol estava com um charme e brilho parecidos com os do dia anterior. Alguns rostos familiares já vendiam seus produtos para ganhar o sustento, a brisa calma do mar passeava pelo ambiente e os raios solares da manhã anunciavam que seria mais um lindo dia na Cidade Maravilhosa; porém, nada de seu mais novo amigo. Parado na areia, admirava a pompa das embarcações nas águas à sua frente, a majestade dos morros que protegiam o local, a liberdade dos pássaros que por ali passeavam, dando mais vida ao que parecia ser uma pintura em movimento... Toda essa cena o fez lembrar de uma frase do poeta brasileiro W. A. Justus: *"[...] e era como se os países e continentes o chamassem do outro lado das águas para viagens e aventuras nunca antes vividas"*.

João ficou parado no mesmo local em que se encontrou com Robert, fechou os olhos e ali permaneceu, sentindo o vento envolvendo-o e os raios do sol elevarem a sua temperatura corporal. Enquanto tentava esvaziar sua mente e focar em sua própria respiração, ele balbuciava uma oração a Deus, pedindo por sabedoria e ajuda para encontrar o ator estrangeiro, que o deixava cada vez mais intrigado. Depois da oração e mais alguns momentos de expectativa por uma intervenção divina, ele abriu os olhos e... *nada*.

O rapaz ficou mais alguns minutos contemplando as diferentes tonalidades de azul e verde que fundiam-se entre o céu, as montanhas e o mar, olhou mais uma vez ao seu redor, esperando que o senhor americano pudesse aparecer de repente, mas a única coisa que apareceu foi uma súbita vontade de tomar um café expresso, acompanhado de um pão na chapa em um tradicional quiosque da praia.

Chegando ao local, o garoto cumprimentou a atendente, também gerente e filha do dono, que achou curioso o fato de ele aparecer logo cedo, numa manhã de domingo, o que não era nada comum. Depois de jogarem conversa fora por alguns minutos, enquanto ele saciava sua fome, a atendente aproveitou para perguntar, antes que João saísse da lanchonete:

— Você entende um pouco de câmeras e tecnologia em geral, né?

— Humm, o necessário pra conseguir algumas fotos e vídeos que eu preciso pro meu blog e canal! — e riu de maneira tímida, enquanto já pegava o cartão para pagar pelo café. — Meu parceiro no blog é fotógrafo e edita os vídeos e tal, mas eu entendo o básico.

— Ah, perfeito! Se importa de dar uma olhada em nosso computador? Coisa rápida... Meu pai tava conferindo as imagens de ontem, e parece que deu uma travada em uma das câmeras. Ainda não conseguimos consertar...

— Claro, sem problemas. Onde fica o computador?

— Naquela porta, ali atrás — disse ela, apontando para a porta e já abrindo o caminho para que João pudesse passar pelo balcão e se dirigir até ao pequeno escritório do quiosque.

Ao abrir o programa das câmeras e começar a procurar pelo problema, a última imagem capturada — agora travada na tela do computador — por uma das câmeras de fora o deixou mais animado e acordado do que toda a cafeína que tinha acabado de consumir. Era possível ter uma visão clara e ampla de boa parte da calçada e da avenida ao lado da lanchonete. Era o bastante para reconhecer o Fusca verde-musgo parado, há poucos metros de distância. O carro do Robert!

Ele conseguiu ampliar um pouco a imagem e não havia mais dúvidas. Mesmo estando a certa distância, viu claramente o carro no qual Robert havia ido embora no dia anterior. Ampliando um pouco a imagem, rapidamente anotou a placa do carro, enquanto a menina reabastecia sua xícara de café. Com a placa do carro, ele teria um norte a seguir!

Tentando conter a ansiedade e curiosidade, cada vez mais intensas dentro de si, João rapidamente encontrou no *Google* uma resposta para o problema que causara a interrupção das filmagens, e, após alguns simples comandos, conseguiu fazer com que tudo voltasse ao normal — de uma forma que o deixou até um pouco intrigado pela facilidade com que tudo foi resolvido. Ele levantou-se e, enquanto dirigia-se para o lado de fora do balcão, já mandava uma mensagem para Renato, com os dados da placa do carro, para que pudessem avançar com a investigação. Seu amigo era especialista em fazer pesquisas e encontrar dados na internet, o que os ajudava muito, durante as investigações para as matérias que faziam. Antes de sair do local, ele ainda ganhou um bombom que voou pelo ar até suas mãos, vindo da gentil gerente da lanchonete, que despedia-se com um doce sorriso e seus olhos desejando que ele retornasse em breve.

* * *

Minutos depois, Renato respondeu com um endereço, mas não sem reclamar de seu amigo tê-lo acordado tão cedo no domingo — *tão cedo*, por volta das dez horas da manhã. João deixou a bicicleta em sua casa, preparou sua mochila com mais alguns acessórios e um pouco de água, chamou um *Uber* e foi direto para o endereço indicado pelo amigo, já pedindo que Renato fizesse o mesmo com seu carro. "O sono é momentâneo; a arte, eterna!", escreveu ao amigo na esperança de que o humor ajudasse a quebrar um pouco o seu mau humor. Não ajudou muito. João recebeu uma *figurinha* não tão amigável como resposta.

Chegando ao endereço, João conferiu o número da casa, e, olhando pelo vão do portão, lá estava ele parado na garagem: o *Fusca verde-musgo*. Uma sensação de alívio, alegria e ansiedade tomou conta do garoto. Sem pensar duas vezes ou perder um segundo, tocou a campainha e aguardou. Nenhuma resposta. Mais alguns segundos, tocou novamente a campainha — e bateu quatro palmas em seguida, só para garantir. Quase um minuto se passou. Nada. Quando o rapaz já estava virando-se, uma simpática senhora lentamente abriu a porta que ficava ao lado do portão da garagem.

— Olá, meu jovem! Posso te ajudar?

— Oi! Prazer... eu sou o João... — disse ele, um pouco surpreso e feliz por ter esperado. — Eu estou procurando um amigo, um senhor com uma grande barba branca. Acho que ele mora aqui... ou pelo menos, deixou o carro dele por aqui.

— Ah, sim, o nosso querido Robert. Ele está alugando o apartamento que fica em cima da minha casa — respondeu a velhinha, em tom gentil e alegre. — Infelizmente, ele não se encontra aqui no momento, saiu já faz um tempinho. Geralmente, ele tem um amigo que dirige pra ele, mas como estava sozinho hoje, acabou chamando um carro. Isso acontece de vez em quando.

Renato chegou e estacionou seu carro a poucos metros de onde os dois estavam conversando. João acenou para ele, que retribuiu o aceno sem ameaçar sair do carro.

— Você tem alguma ideia para onde ele pode ter ido ou que horas vai voltar? — perguntou João, tentando colher qualquer informação que os ajudasse na procura, antes de se despedir.

— Ele não me disse nada sobre onde iria almoçar ou passear, mas ouvi ele comentando algo sobre um jogo de estrelas no Maracanã. Eu não entendi direito.

— Hoje tem o jogo beneficente das estrelas no Maraca,

mesmo! — completou Renato, de dentro do carro.

— Bom, a gente vai acabar encontrando ele por aí! Muito obrigado pela atenção — disse João e deu um abraço sutil na senhora.

— Ah, antes de vocês irem... acho que não me apresentei. Meu nome é Dalva. É um prazer conhecê-los!

— O prazer é nosso — respondeu João, encantado com o carinho e energia que transbordavam dela.

Por alguma razão que não entendiam direito, havia algo naquela senhora que fascinou os dois amigos. João já havia se virado para entrar no carro, mas acabou se virando mais uma vez para mais uma pergunta.

— Se a senhora não se importar... como foi que se conheceram?

— Ah, até hoje eu não sei direito — e deu uma leve risada. — Ele tocou a campainha, um dia, e perguntou se eu ainda estava alugando o segundo andar. Entrou para olhar e acabou trazendo as coisas para cá no mesmo dia. Foi incrível, porque eu até já havia retirado o anúncio das redes sociais! — e riu um pouco mais alto, dessa vez.

— Interessante... — João respondeu com uma expressão curiosa no rosto.

— E ainda por cima, pagou o aluguel, de vários meses, adiantado, na hora que eu mais precisava, o que me ajudou, e muito, com minhas despesas e tratamento de saúde. Foi um dos maiores presentes que já ganhei na vida! — Ela olhava para o céu, como que agradecendo e acreditando que a chegada dele fora guiada por algum ser celestial.

— É uma história e tanto! Espero que a gente possa conversar mais sobre tudo isso, em breve...

— Eu também! Será um prazer recebê-los aqui qualquer dia para um café. E eu vou dizer ao Robert que vocês passaram por aqui! Que Deus os abençoe!

João despediu-se mais uma vez e entrou no carro. Já era quase o fim da manhã; eles poderiam voltar mais tarde para tentar encontrá-lo em casa, ou então, simplesmente continuar as andanças pela cidade em busca de um pouco mais de aventura e investigação. Renato teve uma ideia e João não precisou terminar de ouvir os detalhes para concordar em prosseguir com a missão durante o dia. Depois de meses de rotina no trabalho e o blog andando com o freio de mão puxado sem notícias muito interessantes, qualquer sinal de uma reportagem diferente era mais do que o bastante para que eles não ficassem parados esperando.

Os dois amigos aproveitaram as horas que tinham até o início do jogo para almoçar na casa do João, enquanto planejavam os detalhes da ida até ao estádio e também organizavam todas as pistas e informações que tinham obtido até ali. João continuava a escrever um rascunho da matéria, à medida que seu amigo pesquisava mais informações sobre o *Jogo das Estrelas*. Renato não planejava trabalhar na TV, queria seguir um rumo mais independente, produzir e dirigir seus próprios filmes e projetos pessoais, contudo via no blog jornalístico de seu amigo uma oportunidade de estar imerso na arte de uma outra maneira, além de alimentar o seu portfólio com outros trabalhos mais diversificados. Ademais, algumas pistas e personagens eram muito interessantes para não serem investigados.

— Só uma pergunta, João... Por que tu acha que vale a pena correr atrás desse cara?

— Porque... sim! — respondeu ao amigo, sem saber direito o que responder. — Mas, sério, acho que pela primeira vez na minha vida eu tô seguindo o meu coração... minha *intuição*...

O tempo passou rápido, e, calculando o trânsito que teriam pela frente, correram para o carro, a fim de chegar ao estádio antes do início da partida. Devido ao trânsito, um pouco mais caótico do que o esperado, falharam.

* * *

Chegando ao Maracanã, o *Jogo das Estrelas* já havia começado. De um lado, um time formado pelos amigos do *Neymar*; do outro, os amigos do *Vini Jr.* Toda a renda arrecadada e os alimentos doados seriam repassados para instituições de caridade e projetos que estivessem empenhados na luta contra a seca e os problemas que a falta de chuva acarretavam por todo o país, nos últimos meses, o que fazia com que o estádio estivesse completamente lotado, como nunca estivera em uma outra partida.

"O Maraca...nã... é aquele estádio grandão onde vamos assistir jogos de vez em quando, papai?", perguntou minha curiosa filhote.

"Aquele mesmo! Lembra como fica lindo lá, quando tá cheio de gente e todo mundo fica cantando, pulando e gritando?"

"Sim, mas tem hora que é muito barulhento. Mas é legal!"

Ela ainda não se apaixonou pelo futebol, mas sempre gosta da farra que fazemos quando vamos assistir aos jogos no estádio, principalmente por causa da pipoca e doces que comemos lá.

"É demais, né? Então, o estádio tava cheião e barulhento daquele jeito! Uma festa linda!"

Encontrar Robert ali dentro parecia uma tarefa

quase impossível, mas depois de tudo que havia acontecido até então, era uma aventura que merecia ser vivida. Com credenciais de "Assessoria de Imprensa", meticulosamente *photoshopadas*, os dois amigos conseguiram entrar no estádio já completamente lotado. Com todos os olhos vidrados nos lances mágicos e toda a fantasia que envolvia uma partida com tantos craques juntos, os dois aproveitaram, que já estava quase na hora do intervalo, e milhares de pessoas preenchendo os corredores à procura de um banheiro ou lanchonete, e foram até a sala de som do estádio. Chegando lá, puderam ver por uma das televisões a placa dos acréscimos ser levantada, apontando três minutos adicionais para o fim do primeiro tempo; acréscimo esse, anunciado pela voz aveludada e potente do locutor oficial do estádio que ali estava com sua equipe.

Logo que o juiz apitou o final do primeiro tempo e os jogadores começaram a deixar o campo para darem suas entrevistas e descansarem um pouco, uma grande movimentação acontecia com dezenas de câmeras e repórteres seguindo um garoto até o meio do campo. Ele era alto, magro, tinha pinta de jogador e... estava com luvas nas mãos — mesmo num dos dias mais quentes do ano! Ele vestia a camiseta da marca de uma famosa loja do país, que estava ajudando a organizar todo o espetáculo. Na tela de um dos computadores da sala, João e Renato viram alguns nomes aparecendo em uma mensagem que dizia: "Ganhadores da promoção". Os amigos não faziam ideia de qual era a promoção ou o que era necessário fazer para ser sorteado, mas quando viram o locutor anunciando os nomes pelo sistema de som do estádio e os ganhadores sendo escoltados até o meio do campo para participar de algum jogo ou brincadeira, não pensaram duas vezes; esperaram o último nome ser anunciado, chamaram o locutor e entoaram quase que ao mesmo tempo — e sem combinar, o que iriam dizer:

— Temos um ganhador de última hora! — disse João, e virou o rosto para olhar para Renato.

— Abriram uma nova vaga para mais um ganhador — disse Renato, e virou o rosto em direção a João.

— Quem são vocês? — perguntou o locutor, com uma expressão confusa e, ao mesmo tempo, curiosa, após o susto.

— Prazer, João, e esse é meu amigo Renato. Somos da imprensa e viemos cobrir esse grande evento para o site... *"brazilnews.com"* — ele disse o nome bem rápido, e com sotaque enrolado em inglês para que não entendessem muito bem, e rapidamente mostrou o seu crachá de *jornalista credenciado* para cobrir o evento. — É um prazer estar aqui com vocês, num dia tão especial como esse! — Para manter o personagem e abrir algumas portas, sempre mantinha em mente as palavras do famoso ilusionista inglês, Daniel Zimmerman: *"Um olhar direto e confiança te levam para qualquer lugar"*.

— Prazer, meninos — disse o locutor do estádio, um senhor magro e carismático, com voz potente e inigualável, embora já um pouco cansada, depois de anunciar milhares e milhares de detalhes sobre os jogos e seus atletas. — E, quem seria esse novo ganhador? Expliquem melhor essa história...

Os olhos de João arregalaram, enquanto balbuciava algumas palavras, ao fingir que estava tentando se lembrar de como a promoção funcionaria. Ele não sabia nada além do primeiro nome do amigo estrangeiro, o carro estava no nome da Dalva, os segundos pareciam passar mais rápidos... Renato, pensando mais rápido do que o seu amigo, informou ao locutor:

— O ganhador da promoção relâmpago será a pessoa que mais se parecer com o Papai Noel aqui no estádio! — e manteve uma expressão confiante no rosto, enquanto encarava o locutor e seus assistentes na pequena sala.

João, aliviado, rapidamente concordou com a cabeça.

— Hum, interessante. E de quem mesmo vocês receberam essa informação de última hora para ser passada a mim?

— Diretamente de um dos empresários que está organizando o evento — informou João.

— Da boca do próprio chefão! — emendou Renato, e mostrou uma foto no celular em que ele aparecia ao lado do empresário, após procurá-la por alguns segundos.

Por sorte, Renato fora cobrir um badalado evento como fotógrafo *freelancer* na noite anterior, no qual, por coincidência ou capricho de Deus, ele havia encontrado o grande empresário e conseguiu tirar uma foto ao seu lado. O locutor, vendo a foto e a postura confiante dos dois rapazes, foi convencido e, numa mudança repentina de humor, disse-lhes com um grande sorriso no rosto:

— Eu adoro o Papai Noel! — e o seu sorriso abriu-se ainda mais!

Prontamente, virou-se, pegou o microfone com firmeza e anunciou em alto e bom som: "Atenção, torcedores! As últimas vagas para participação na promoção serão destinadas ao homem presente no estádio que mais se parecer com o Papai Noel e, também, à mulher que apresentar grande semelhança com a postura e charme da querida Mamãe Noel."

— Eu não lembro de ter mencionado a Mamãe Noel — comentou João.

— Você não mencionou, mas o público ama uma

história de amor. Os organizadores vão nos agradecer depois! — respondeu o locutor com um grande sorriso apaixonado no rosto.

E era muito bom mesmo que eles amassem, pensaram os amigos, pois os organizadores do evento já estavam com os celulares apitando e olhos curiosos tentavam entender o que estava acontecendo. Enquanto isso, os dois garotos não diziam uma só palavra, apenas olhavam pela janela da sala para as dezenas de milhares de pessoas que estavam pela arquibancada olhando para os felizardos que se encontravam no meio do campo, ao lado dos influenciadores *Luva* e *Casimiro*. Dentro da cabine em que estavam, uma grande televisão mostrava, ao vivo, a transmissão que boa parte do país estava assistindo, naquele momento.

Alguns segundos se passaram e, quando João já começava a suar frio, ao ver seu plano indo por água abaixo, uma pequena muvuca teve início em um dos setores da arquibancada. Muitas pessoas começavam a se levantar e erguer seus copos, como que fazendo um brinde a algo ou alguém que se encontrava por ali.

Conforme a agitação foi aumentando, uma das câmeras da TV focou bem no centro da confusão, local onde uma cabeça alva como a neve destacava-se, em meio a vários jovens animados em volta. Assim como Moisés em frente ao Mar Vermelho, as pessoas à sua frente íam se afastando para os lados, formando uma longa passarela para que o senhor de barba e cabelos brancos pudesse desfilar. E assim, ele o fez. *Sexy And I know It* começou a tocar nos alto-falantes do estádio e a imagem do homem barbudo já aparecia nos telões e celulares apontados para ele por dezenas de pessoas ao seu redor.

João e Renato olharam para o operador de som,

que estava ao lado do locutor, com um olhar confuso e surpreso quanto à escolha daquela música para a apresentação e entrada de um senhor que se parecia com o Papai Noel. O operador, possivelmente até mais jovem do que os dois amigos, simplesmente sorriu e disse: "Essa música é o bicho, cara!". O protótipo de Papai Noel tropical estava com o seu chapéu Panamá branco na mão esquerda, usava óculos Aviador, camisa florida levantada por uma grande protuberância na área abdominal, shorts branco e Havaianas com as cores da bandeira brasileira — e fazia jus ao figurino!

Ele começou a descer a arquibancada por uma das escadarias que davam acesso ao campo, quase que em câmera lenta, batendo palmas, fazendo vários passos e movimentos no ritmo da música, acenando e posando para fotos com torcedores que o paravam já com o celular em mão, fazendo a pose de *selfie* pelo caminho. Toda a atmosfera criada no estádio lembrava a famosa cena do filme *Cantando na Chuva*, quando Gene Kelly sai dançando pela cidade com um guarda-chuvas; o estádio parecia uma cidade inteira por si só, as pessoas eram as gotas da chuva que não aparecia há semanas, o guarda-chuvas fora trocado pelo charmoso chapéu, mas o carisma, bom, o carisma e energia do Noel Tropical e do gênio da dança eram muito parecidos e continuavam a contagiar a todos.

O estádio foi inflamado por dezenas de milhares de pessoas de todas as idades, que batiam palmas e entoavam *"A-ha, u-hu, o Noel é no-sso!"* e *"Aaahhhhh, eu tô no céééuu... A Argentina tem o tango, mas não tem Papai Noel!"* Chegando ao gramado, o senhor seguia acenando e mandando beijos para a multidão que respondia euforicamente para ele. Por um instante, o jogo das estrelas parecia ter ficado em segundo plano; uma nova estrela tinha o público em suas mãos naquele momento.

Uma senhora da arquibancada foi pega de surpresa ao ser focalizada pela câmera e aparecer nos telões. Aproveitando a chance e esquecendo-se de que estava sendo vista por milhões de pessoas, em todo o território nacional, ela começou a dançar como se não houvesse amanhã e levou toda a torcida ao delírio. Um membro da equipe de segurança rapidamente correu até ela, escoltou-a até a entrada do campo e indicou-lhe, uma vez que estavam dentro do gramado, para onde deveria se dirigir.

Com todos os sortudos juntos, no meio do campo, *Luva* e *Casimiro* começaram a explicar como a atividade iria funcionar. Cada um teria três chutes da marca do pênalti, para tentar acertar o travessão ou uma das traves. Os maiores pontuadores ganhariam um combo de prêmios dos patrocinadores e uniformes da Seleção Brasileira, juntamente com outros brindes. Robert e a senhora Noel não acertaram as traves em nenhuma das tentativas, mas levaram o estádio a um estado de animação que nenhum dos gols havia conseguido durante o primeiro tempo da partida.

Com o fim da atividade, todos os participantes foram levados para a sala de imprensa do estádio onde iriam retirar seus prêmios e fazer mais fotos e vídeos promocionais. Foi a deixa para que João e Renato pudessem descer até o encontro dos participantes e, finalmente, encontrar Robert. Com os crachás de "Imprensa" pendurados no pescoço, não foi difícil conseguir passar pelas portas necessárias para chegar até lá.

João ainda sentia certo receio de que Robert não o reconheceria, ou nem mesmo lembraria do encontro do dia anterior. Claramente, havia algo de diferente naquele senhor que, tão fácil e naturalmente, conquistava a atenção e admiração de todos ao seu redor. Quando enfim chegaram à sala de imprensa, repleta de jornalistas e repórteres de todos os canais e portais do país, qualquer receio e incerteza foram dissipados... A estrela principal do show do intervalo estava terminando uma entrevista com várias câmeras e microfones à sua volta e, tão logo João acenou para Robert, chamando sua atenção e seus olhares se encontraram, o estrangeiro abriu um sorriso que mostrava claramente que reconhecia seu companheiro de coquetel do dia anterior.

Robert esquivou-se como pôde, de todos que o cercavam na sala, e conseguiu chegar até João, que encontrava-se perto de uma das portas.

— Nada mal pra quem já tinha pendurado as chuteiras! — disse João, num tom irônico ao ver Robert um pouco ofegante, depois de tantas fotos e jornalistas o procurando pela sala de imprensa.

— *Hey!* Que surpresa, você por aqui! — O alto e corpulento senhor tinha dificuldade para encontrar um pouco mais de espaço para mover-se tranquilamente. — Por favor, me tira daqui, eles vão sugar o meu sangue daqui a pouco! — completou Robert, antes que João pudesse dizer qualquer coisa. Ele tinha um certo ar de ironia em sua voz, mas uma preocupação real em seus olhos.

Sem hesitar, João e Renato tomaram a frente dele, fazendo um escudo humano perante os jornalistas que já apontavam as garras para sua presa. "Obrigado, pessoal! Gostaríamos de ficar mais tempo, mas o Robert está muito cansado e tem um compromisso daqui a pouco, nós temos que ir agora!", disse João, abrindo os braços e gesticulando o máximo possível para proteger o senhor de qualquer tentativa de nova aproximação da mídia, ao passo que Renato abria caminho em direção à porta atrás deles, para a saída de emergência.

Desceram pelas escadas do estádio o mais rápido que podiam — já estava claro que não ficariam para assistir ao segundo tempo da partida. Esconder ou mesmo tentar disfarçar o novo amigo, que aparentava ter em média um metro e noventa de altura, era uma tarefa bem difícil — ainda mais ostentando uma protuberante barba branca, a poucos dias do Natal —, mas João e Renato fizeram o possível, emprestando uma máscara — aliada no tempo seco — que tinham na mochila e uma bandeira do Brasil que compraram de um comerciante pelo caminho. Enrolaram Robert com a bandeira, como se fosse uma capa de invisibilidade, afundaram o chapéu bem fundo em sua cabeça e cobriram parte de seu rosto com a máscara. Dessa forma, com o amigo parecendo mais um personagem de revista em quadrinhos do que um Papai Noel, conseguiram passar despercebidos por alguns repórteres que estavam na saída do estádio.

— Obrigado pela ajuda! Parece que quanto mais eu tento fugir, mais eles me seguem! — disse Robert, seguindo os dois garotos e confiando que eles sabiam para onde estavam indo.

— Na verdade, dessa vez foi um pouco nossa culpa! Mas vamos te explicar tudo com calma, depois... — disse Renato, com um sorriso meio envergonhado. — Você deve ter sido um ator bem famoso no passado! — completou.

— Ah, esse é o Renato! — disse João, esticando o braço na direção do amigo, à medida que andavam com passos apressados.

— Prazer em conhecer o senhor!

— O prazer é meu! — respondeu Robert. — Bom, eu tive uns bons momentos e temporadas especiais. Mas nunca gostei muito da exposição e da mídia me seguindo; acho que sempre trabalhei melhor com uma certa discrição, especialmente em minha vida pessoal.

— Interessante... Eu e o João nunca tivemos nenhum tipo de exposição ou mídia nos seguindo assim, para saber mais sobre o nosso trabalho ou vida pessoal; então, a gente não faz ideia de como seria isso! — e todos riram.

Ao encontrar o carro de Renato, João deu uma olhada em volta para certificar-se de que não estavam sendo seguidos por nenhum repórter, ao passo que Renato já abria a porta para Robert entrar. Os dois amigos pularam para dentro do veículo e saíram o mais rápido que puderam. Era possível ouvir os gritos da torcida, indicando o início do segundo tempo, quando eles passaram pelo portão na saída do Complexo Esportivo.

* * *

— Para onde, senhor? — Perguntou João num tom formal e irônico, como se ele e o amigo fossem o motorista particular e segurança do ator estrangeiro.

— Eu preciso de um pouco de cafeína e paz. Por favor, me guie até o melhor café colonial da cidade! — disse Robert, decidido.

João abriu um leve sorriso com a lateral esquerda de sua boa, meneou a cabeça afirmativamente e respondeu em seguida:

— *Yes, sir!*

O aspirante a jornalista colocou o endereço do destino no celular do amigo, ligou o som do carro e enviou algumas mensagens pelo celular. Abriram as janelas e, com os cabelos ao vento, foram cantando e rindo pelas ruas a caminho do tão esperado café.

— Ah, acho que vocês já se apresentaram, mas esse é o Renato, amigo de longa data e companheiro de trabalho numa editora aqui da cidade.

— Sim, a gente já se apresentou — disse Robert. — Mas eu não sabia que trabalhavam juntos numa editora.

— Bom, trabalhamos, mas não sabemos até quando! — João falou e terminou a frase com um sorriso nervoso. — A gente não recebeu nada do salário desse mês, os livros não estão ficando prontos nem sendo impressos, e a dona da empresa some de vez em quando, não fala nada sobre quando vai nos pagar e ainda fica postando fotos na praia, durante os fins de semana.

— Mas vocês estão cobrando e correndo atrás dos seus direitos, né?

— A gente faz o possível — respondeu Renato. — Mas tudo demora e é desgastante... Alguns funcionários já desistiram e pediram demissão, aceitaram qualquer coisa no acordo, só pra evitar o desgaste emocional e dor de cabeça.

— Mas não tem mais nada que podem fazer pra tentar mudar essa situação? — indagou Robert.

— Sim, até tem... — João e Renato se entreolharam como se estivessem pedindo permissão um ao outro para contar. — Estamos pensando em uma série-documentário pra contar um pouco da nossa rotina ali dentro. Sério, tem histórias ali pra umas três temporadas! — concluiu João.

— A gente tá pensando em algo como "*The Office* encontra *O Diabo Veste Prada*" — emendou Renato, enquanto dirigia. — Tudo começou com a ideia de fazer uma matéria pro nosso blog e canal de vídeos, mas achamos que a série pode chamar mais atenção e alcançar um público maior. Queremos pegar o que existe de melhor aqui, nossa cultura, misturas, criatividade, mas também colocar uma roupagem internacional na história, talvez alguns personagens estrangeiros e tal, alguma coisa que possa interessar pessoas de outros países também, e chamar atenção da mídia, nacional e internacional, pra vários problemas que acontecem dentro do nosso mercado de trabalho.

— Humm... Interessante essa ideia de uma empresa meio maluca, meio nacional, meio internacional, meio *Brazil com Z!* — disse Robert, sintetizando boa parte das ideias dos amigos numa simples frase.

— "Brazil com Z"... isso soa bem legal, hein, João?! — Renato começava a sentir aquelas palavras e procurar um significado para elas. — É um nome que pode dar certo... tem boa sonoridade, chama atenção e deixa um certo mistério no ar. Anota aí pra não esquecer...

— Anotado! — disse João, ao anotar o nome e demais ideias no bloquinho de notas que sempre estava em seu bolso.

Os dois amigos estavam fascinados com a sensitividade artística do estrangeiro. Renato comprovava, a cada cena que viviam juntos, tudo que seu amigo havia lhe contado no dia anterior. Realmente, havia algo diferente, único e especial naquele senhor.

* * *

Quando o aplicativo indicou que estavam chegando ao destino, Renato não escondeu a surpresa. Ele conhecia bem aquela rua e o prédio em frente ao qual haviam estacionado. Era tudo meio familiar, até demais para ser verdade; até que finalmente retomou total controle sobre sua consciência e, juntando todas as peças do quebra-cabeças, perguntou ao seu amigo:

— Por que viemos para o seu prédio?

João não respondeu, apenas sorriu para ele, enquanto dirigia-se em direção ao portão para abrir passagem para os amigos. Quando o elevador chegou ao andar de seu apartamento, o cheiro de café já invadia o corredor de tal modo, que não era nem necessário indicar para qual porta eles deveriam se dirigir.

— Tem um pessoal aí dentro que tá ansioso pra te conhecer... Espero que não se importe! — disse João a Robert, antes de abrir a porta de casa.

— Eu sigo um lema de vida que nunca abandono, garoto: ***"Faça coisas inesperadas e espontâneas; esteja sempre aberto a viver novas experiências e a conhecer novas pessoas!"***

Os três abriram um sorriso e João liderou o trio, abrindo a porta do apartamento. Renato entrou primeiro e foi em direção à dona da casa para cumprimentá-la. Robert entrou, logo em seguida e, sem cerimônias, já se apresentou distribuindo abraços e contando sobre o quão mágico o dia estava sendo.

A mesa já estava quase toda posta, faltando apenas alguns talheres e o café que terminava de ser coado. Havia pães, bolos, manteiga e geleia sobre a mesa. Quando Robert contou os pratos, percebeu que já havia o número certo sobre a mesa, com o dele já incluído. Ele apenas olhou para João e, trocando olhares, entendeu que todos ali já haviam sido avisados de sua visita e o estavam aguardando de braços abertos.

Dezenas de cores misturavam-se pelo céu, como uma arte abstrata de uma criança movida pela intuição e alegria, ao encontrar uma tela em branco e potinhos de tinta. Apesar do calor, uma brisa leve e serena passeava pelas ruas, entrando pelas janelas abertas das casas pelo caminho. João colocou uma *playlist* com canções de Natal na televisão, para que a música pudesse completar aquele clima que já estava tão gostoso, com todos reunidos ali. Era muito bom o cheiro do café e todos os alimentos que estavam sobre a mesa, todavia as pessoas e seus sorrisos eram os ingredientes principais daquele café da tarde.

Com todos sentados à mesa — inclusive uma amiga da dona da casa e os dois irmãos mais novos de João, fascinados com a presença de Robert —, a mãe dos meninos perguntou se o filho mais velho poderia fazer uma oração, agradecendo pelo alimento e pela presença dos amigos ali com eles. Ele assentiu com a cabeça e orou em nome de todos, dando graças pelos alimentos, saúde e pelo encontro inesperado com um novo amigo que surgira na vida deles. Todos disseram "Amém" e João abriu seus olhos lentamente. Olhando ao redor, foi preenchido por uma sensação de paz indescritível. Ele pôde ver os olhos cheios de alegria e sorrisos sinceros, sendo formados nos rostos de todos, ao passo que os novos e velhos conhecidos trocavam algumas palavras e serviam-se uns aos outros. *"No final, é tudo sobre as pessoas"*... A bonita frase que João ouvira dias antes em um programa de culinária e viagens, e que agora ecoava em sua mente, começava a ter mais peso e a fazer cada vez mais sentido para ele.

A cada nova mordida, uma nova expressão facial e sons de felicidade eram emitidos por Robert, que se esbaldava com os pães e a manteiga vegana comprada exclusivamente para ele. O café da mãe de João, segundo ele, era o melhor que havia provado, durante toda a sua estadia no Brasil. Depois de alguns minutos de comilança e mais risadas, Robert ficou um pouco quieto e reflexivo. Depois de alguns segundos, ponderando em silêncio, ele disse:

— Tudo isso, esse encontro, me faz lembrar da casa de minha família, quando eu era ainda criança. Meu pai também ficava muito tempo fora de casa, semanas e meses seguidos, muitas vezes. O Natal, quase sempre, era a única época do ano em que podíamos estar, finalmente, todos juntos em casa por um pouco mais de tempo. Com tanta distância entre nós, meu maior sonho quando pequeno era poder controlar o vento e, assim, poder voar. Eu acreditava que, se pudesse voar, voaria para perto dele ou o traria para perto de nós, e assim, minha família ficaria um pouco mais perto, por mais tempo. — Robert olhou atentamente para os irmãos mais novos de João, antes de continuar: — Até que um dia, quando eu tinha mais ou menos a idade de vocês, escrevi uma cartinha para Deus, pedindo asas para poder sair voando por aí e levar minha família junto, para qualquer lugar do mundo. Eu nunca ganhei asas, mas Deus atendeu meu pedido e nossa família nunca mais ficou tanto tempo separada como antes.

— E os seus Natais eram como nos filmes que a gente assiste? — perguntou um dos gêmeos.

— Nem tanto — respondeu o senhor americano, com uma bela gargalhada em seguida. — O frio era sempre uma constante, e a neve uma das convidadas mais aguardadas todos os anos. Mas, naquele tempo, as coisas eram mais simples; geralmente, as ruas e praças estavam sempre mais cheias do que as lojas.

Todos escutavam atentamente, enquanto bebiam alguns goles de café e deixavam a imaginação voar para longe. Cada um imaginava aquele universo natalino do seu jeito; um universo que era desconhecido por eles, mas fácil de ser imaginado, pois era ricamente descrito com tanto carinho, amor e nostalgia pelo senhor estrangeiro.

Mesmo sendo um encontro marcado às pressas, sem qualquer tipo de preparação com antecedência, todos faziam o possível para que Robert se sentisse em casa e parte da família. Quando se está caminhando pelo mundo afora, longe de casa por um tempo, é muito importante mantermos conexões com outras pessoas e criarmos alguns laços e espaços que sejam um lar para nós. Robert podia sentir isso, e era extremamente grato pela experiência que lhe proporcionavam naquele fim de tarde.

— Existem três casas que se complementam nessa vida — continuou. — A casa de Deus, a casa onde mora a sua família e a casa que nossos amigos e pessoas que amamos criam, quando estamos juntos; e não existe lugar melhor no mundo para estar do que dentro delas — concluiu, contemplando e sentindo toda a alegria e serenidade que o ar do local gerava em seu ser. — Um antigo escritor, uma vez disse que *"a casa de um homem é o seu castelo"*... Não importa o tamanho, decoração, riquezas guardadas ou importância histórica... Cada casa que abriga e protege uma família, por maior ou menor que seja, tem certo ar de realeza.

— Mas, às vezes, aparecem umas assombrações no castelo, né, Renato? — perguntou João, num tom meio irônico. — Acho que aquele seu amigo de Curitiba não está muito em paz na casa dele...

— Ah, o Marcos, pode crer... — disse Renato, com um

riso um pouco preocupado. —Situação tá sinistra mesmo! Precisamos dar um pulo lá, qualquer dia, pra falar com ele e tentar gravar alguma coisa.

— Bora! Passando o Natal e Ano Novo, a gente dá um pulo lá, no começo de janeiro. Toda semana tem gente perguntando sobre o caso no blog e no canal... Essa matéria tem potencial, cara! Alguma novidade desde a última conversa?

— Nada... Faz uns dias que eu tô pra mandar uma mensagem e sempre esqueço também. Acho que é melhor dar um pulo lá e conferir tudo pessoalmente mesmo.

Todos na mesa pararam de comer por uns segundos e ficaram entreolhando-se, como que esperando que os dois garotos dessem uma conclusão mais interessante para a conversa, ou, ao menos, mais detalhes sobre o caso.

— Esse amigo de vocês... Marcos... — começou a mãe do João.

— Amigo do Renato — emendou o filho.

— Sim, esse amigo do Renato, o Marcos... é o menino das postagens sobre a casa mal-assombrada de Curitiba?

— Ninguém sabe se a casa é realmente mal-assombrada, mãe; é uma suposição...

— Pode ser coisa da galera da igreja da menina, namorada dele. Eles tão morando juntos e alguém poder ter inventado isso pra tentar convencer ela a sair de lá, ou eles terminarem... Mas, que tem umas coisas *estranhas* acontecendo por lá, isso tem! — Renato terminou de falar e abaixou um pouco a cabeça, contemplando o café em sua xícara antes de bebê-lo.

Renato e João entreolharam-se e concordaram que não era o momento para continuarem com aquele assunto. Estavam na semana que antecedia o Natal; João precisava de uma bela história natalina para produzir uma grande matéria e assim conquistar uma posição na emissora, e o começo da noite estava simplesmente deslumbrante na Cidade Maravilhosa.

Todos continuaram conversando, mesmo depois que o café havia acabado. Renato levantou-se, quando uma notificação do celular o lembrou de que ainda precisava terminar de editar alguns vídeos antes que a noite terminasse. Robert aproveitou para também se levantar e se valer da carona sugerida por Renato. Após as despedidas com calorosos abraços, a casa ficou um pouco mais vazia. A mãe de João sentou no sofá para ler um livro, quando sua amiga, que também morava no prédio, voltou para sua casa. O apartamento estava em silêncio novamente, embora o cheirinho de café ainda permanecesse pelo ar.

Após lavar a louça, João foi para seu quarto e, com as luzes apagadas, ficou alguns minutos debruçado no parapeito de sua janela, apenas sentindo o ar fresco que passeava pelas ruas, à medida que olhava para o céu e, mentalmente, orava ao Senhor. Alguns chamam de *intuição*, outros chamam de *sinais do universo*; ele acreditava que esses sonhos aparentemente impossíveis, pensamentos latejantes e vontades repentinas, nascidas no mais íntimo do nosso coração, eram maneiras usadas por Deus para se comunicar conosco.

O garoto aspirante a jornalista fechou os olhos, respirou profundamente o ar doce e fresco da noite, agradecendo a Deus por tudo que aquele fim de semana havia trazido para a sua vida, e correu para a cama com o seu laptop em mãos, mais inspirado do que nunca. As palavras surgiam como se já estivessem prontas para a matéria, apenas esperando serem encontradas e reveladas para o mundo.

Todo o papo do dia anterior sobre a *verdade* e

como situações ruins podem tornar-se boas, finalmente começava a fazer sentido para João. Mesmo que ele já tivesse escutado essa teoria e até testemunhado algumas situações em sua vida, nas quais ela se aplicava, aquele fim de semana estava sendo uma experiência e tanto! Sem parar muito tempo para pensar, ele organizou seus pensamentos, primeiras impressões e memórias desde que havia encontrado Robert no dia anterior, conferiu as anotações em seu bloquinho de notas, colou algumas folhas coloridas de *post-it* pela parede do quarto e continuou a escrever a matéria que poderia, *literalmente*, mudar sua vida para sempre.

Sem saber direito como ou por que, tudo havia começado com a sua *intuição* latejando em seu peito e implorando para que ele conversasse com seu amigo e começassem certa investigação a fim de encontrarem aquele senhor novamente. Intuição que, agora, mais do que nunca, tinha uma voz que era ouvida e respeitada dentro de seu ser. De alguma forma e por alguma razão, agora ele já sabia exatamente o que fazer e para onde ir.

Os personagens começavam a ser criados, talhados; uma dose de ficção aqui, um pouco mais de fantasia e romance ali, e a matéria começava a ganhar forma, identidade e vida própria. João quase não acreditou quando olhou para o relógio e percebeu que já passavam das duas horas da manhã. Ele tinha poucas horas para dormir, até que o despertador o acordasse para mais uma semana de trabalho, mas, com certeza, dormiria um sono mais leve e tranquilo dessa vez. Na verdade, não via a hora de acordar novamente para conversar com Renato e seguir em frente com a matéria. Seria uma longa semana, mas que, com certeza, passaria voando.

João deitou-se e caiu no sono, poucos minutos depois.

O fim de semana já estava no passado, segunda-feira chegava impiedosa, e faltavam cinco dias para a véspera de Natal.

DIA 5

Doce lar

Se o mês inteiro de dezembro já tinha clima e ritmo próprios, os últimos dias, antes do Natal, faziam aquela semana ser ainda mais especial e agitada. Claro, o encanto e ritmo frenético da semana ainda ganhavam tons de ansiedade e atenção redobrados para João, incumbido com a missão de contar uma história de Natal para o coordenador do setor de jornalismo da emissora até a véspera de Natal que, por sinal, seria na sexta-feira, daquela semana. Em contrapartida, dentro da editora, o tempo passava lentamente, durante aquela segunda-feira.

Depois de algumas horas lendo manuscritos, participando de mini-reuniões — que poderiam ser um e-mail — e analisando contratos, João finalmente encontrou-se com Renato, na hora do almoço, e os dois começaram a pensar em roteiros e ideias para que a matéria com Robert pudesse ser um sucesso. Apesar do prazo apertado, os dois acreditavam que os dias que teriam pela frente seriam mais do que suficientes para que pudessem elaborar, escrever e filmar uma história interessante sobre o Natal. O fato de o novo amigo ser estrangeiro, ator e parecido com o bom velhinho eram grandes diferenciais para a história; e se conseguissem colocá-lo dentro da roupa vermelha com o cinto preto, gorro e sininho, pronto, era só pensar numa cena de encerramento com ele assim, e teriam o *grand finale* com o qual estavam sonhando para a matéria!

Robert havia convidado João para conhecer sua casa e comer uma comida tradicional dos Estados Unidos: hambúrguer com batata frita — mas tudo feito com carne de soja e os demais ingredientes veganos. Era uma oferta que ele não podia recusar. Responsável pela sobremesa, João levava em sua mochila os ingredientes necessários para preparar o melhor brigadeiro que Robert teria o prazer de provar em sua vida — novamente, com os ingredientes devidamente escolhidos, considerando o estilo de vida de seu amigo.

O clima dentro das salas da editora estava um pouco quieto demais, para dizer o mínimo. Era a carga regular de uma segunda-feira, com o relaxamento da digestão pós-almoço, mais a tensão dos salários atrasados e uma dose extra de pressão por parte da chefe dizendo que, "para ajudar a empresa a dar a volta por cima e receber seus salários, os colaboradores deveriam parar de pensar em dinheiro por um instante e trabalhar o triplo — e fazer isso com um sorriso no rosto". É, ela disse isso. Como os aluguéis, alimentação e passagens de ônibus não podiam ser pagos com sorrisos e poesia, a declaração da manda-chuva não ganhou muitos simpatizantes, nem ajudou a amenizar o clima no ambiente de trabalho.

Com dezenas de e-mails e mensagens para responder, contratos para analisar, anotações e mais ideias que surgiam sobre a matéria de Natal, que eram escritas no bloquinho *fiel escudeiro* de notas, a tarde de segunda-feira passou um pouco mais rápida — pelo menos para João. Quando conseguiu levantar para tomar um ar e olhou para o celular com mais calma, percebeu que faltavam apenas quinze minutos para o fim do expediente. Voltou para a sua estação de trabalho e respondeu às últimas mensagens pendentes, antes de desligar seu computador e correr para a casa de seu novo amigo.

* * *

Chegando à casa de Robert, João tocou a campainha e foi logo surpreendido por um gato que passeava por ali. O felino chegou bem perto dele, o cheirou como se fizesse parte de um *Departamento Antidrogas* da polícia, e, certificando-se de que estava tudo bem e não havia mais ninguém por perto, voltou para dentro da casa, pulando a janela como se estivesse indo avisar seu dono — ou o humano que cuidava de sua casa —, que o humano no portão havia chegado e era bem-vindo — ou que, pelo menos, tinha sua permissão para entrar. Um som metálico que saía da porta avisava que ela havia sido aberta. João abriu-a e, passando pelo quintal com um belo jardim e pela casa da Dalva, dirigiu-se até à entrada da escada que dava acesso ao apartamento do ator.

Quando estava prestes a bater na porta para avisar de sua chegada, Robert abriu-a e deu de cara com o seu amigo brasileiro. Mesmo antes de entrar, João já podia ouvir uma bossa-nova tocando no interior da casa.

— Acho que você já é mais brasileiro do que eu — comentou João, ao passo que cumprimentava Robert com um abraço.

— Eu tô experimentando tudo que eu posso do país! Essa cultura é indescritivelmente apaixonante... Parece que sintetiza claramente tudo que eu vi e vivi durante toda minha vida.

— Em qual sentido? — perguntou o garoto, com olhar curioso antes de deixar os ingredientes para o brigadeiro em cima da pia.

— Depois de tanto tempo viajando, conhecendo pessoas e culturas diferentes, acho que o Brasil é o maior símbolo dessa união de culturas, povos, cores e gostos diferentes.

— Faz sentido... acho que é como ter uma amostra da multiculturalidade que teremos no céu, de certa forma.

Assim que terminou a frase, um pequeno homem saiu de um dos quartos e entrou na sala integrada com a cozinha onde estavam. Ele estava bem arrumado, perfumado e parecia pronto para um show ou encontro. Assim que se deu conta da presença de João na casa, veio ao seu encontro e o cumprimentou com um abraço acalorado, algo que pegou João desprevenido, pois nunca haviam trocado uma só palavra.

— Muito prazer, João! Sou o Stewart, amigo do Robert. Eu sabia que o encontraria novamente! — disse ele, com um charmoso sotaque hispânico.

— O prazer é meu — respondeu João, um pouco confuso, mas muito curioso. — Ah... como assim, você sabia disso?

— *Serendipity!* "Estava escrito nas estrelas"... ou algo assim. Mas foi mais rápido do que eu pensava. Eu dificilmente me engano quanto a essas coisas — exclamou, com uma expressão um tanto quanto convencida.

— Você também tava na praia, quando conheci o Robert, né? Acho que te vi no carro...

— Sim, senhor. Eu tava nadando um pouco, quando se conheceram. A conversa parecia boa, por isso achei por bem não interromper.

— Nadando ali? Você é corajoso...

João estava um pouco perplexo com a quantidade de informações e a naturalidade com que essas novas conexões aconteciam em sua vida. Antes que pudesse processar todas as informações e recapitular tudo que havia acontecido nos últimos dias, Stewart completou:

— Bom, será um prazer maior ainda conversarmos com mais calma, depois. Eu estou atrasado para um compromisso, mas sei que nos veremos em breve, novamente.

— Então, nos veremos! Até logo mais, será um prazer — respondeu João.

Stewart despediu-se dos dois, e João começou a separar os ingredientes para a preparação do brigadeiro. Enquanto Robert terminava de organizar tudo para a salada de spaghetti que estava preparando, os dois iam conversando sobre literatura e os principais filmes e séries lançados naquele ano. Para João, um garoto apaixonado por viagens e entusiasta das artes, esse tempo junto a Robert era uma verdadeira aula de cultura, história e educação artística; para Robert, a vivacidade, curiosidade e entusiasmo de seu pupilo pela arte — cinema, em especial —, lembrava-o de velhos tempos e ressuscitava a paixão que o consumiu, quando ele decidiu dedicar-se de corpo e alma ao fantástico sacerdócio artístico.

* * *

O jantar ficou pronto e o brigadeiro já estava esfriando na panela. Durante a refeição, começaram a conversar sobre a infância, trabalhos e eventos que levaram ao improvável encontro dos dois, no Brasil. Raras vezes, nos damos conta do quão propícios para conversas e trocas de experiências esses simples e corriqueiros momentos com nossos entes queridos e amigos são. Mesmo que apenas dois dias tivessem passado desde o encontro na Enseada, ambos já sentiam-se completamente à vontade na presença um do outro, como se já se conhecessem há anos.

Quando o prato principal já estava praticamente extinto, a conversa tomou um rumo um pouco mais sério e denso.

— O que, exatamente, te levou à praia naquela tarde? — indagou Robert.

— Bom, depois da entrevista de emprego, eu tive uma frustração muito grande... amorosa. Aquele lugar é o meu porto seguro, então, era o lugar ideal pra relaxar um pouco e esquecer do que tava acontecendo. Mas, *e você*, o que te levou até lá, naquele mesmo local?

— De certa forma, um motivo parecido. Eu amo as praias movimentadas, pessoas indo e vindo, sons e cores, mas, de vez em quando, você só quer admirar a paisagem e sentir o vento batendo no seu rosto.

— Acho que te entendo...

— Mas, eu ainda tô muito curioso... por que você jogou aquele globo de neve e uma carta no mar? Eu vi, meio de longe... Foram dois arremessos de dar inveja em muito jogador de baseball! — disse Robert, com um sorriso no rosto.

Os pensamentos de João voaram para longe, para um

tempo distante, ainda na época de sua infância... Como o trailer de um filme, dezenas de imagens e cenas apareciam e sumiam de sua mente, viajando por anos, emoções, histórias não vividas e palavras não ditas.

— Eu passei boa parte da minha vida procurando e sonhando com esse presente... sonhando com ela, e como seria incrível poder, finalmente, colocar um sorriso em seu rosto e dizer como ela é importante pra mim; dizer o quanto eu gosto dela. — João parou de falar por alguns segundos, seus olhos olhando sem foco para baixo. Silenciosamente, ele recordava de tudo que havia acontecido no sábado anterior, antes de ir para a enseada. — Quando eu, finalmente, encontrei o presente que estava procurando, ela já tinha sido encontrada por alguém que pode comprar um presente muito melhor, ou uma tonelada de gelo e contratar o Johnny Depp pra ser o *Edward Mãos de Tesoura* novamente e fazer centenas de esculturas pra ela! — João falava rapidamente e quase perdeu o fôlego ao abrir o seu coração e desabafar.

Robert ouvia tudo atentamente, tentando deixar as emoções em silêncio para que sua razão pudesse falar mais alto e trazer algum aprendizado e paz para o seu jovem amigo, ao invés de apenas colocar mais lenha naquela fogueira que já parecia estar quente demais...

— Entendo... Realmente, isso é horrível, eu não sei como deve doer ver esse tipo de coisa acontecendo, sentir que esperou tanto tempo por algo e tudo aconteceu de outra maneira. Só por curiosidade, qual era o presente, exatamente? Não era apenas um globo de neve, né?

— Não, era um pouco mais do que isso... Na verdade, foi o pedido de Natal mais lindo que eu já ouvi na minha vida, e eu senti que gostava dela, *de verdade*, no momento que ela contou pra mim. Acho que eu nunca vou me esquecer daquele dia...

— Interessante... e... — insistiu Robert, percebendo que João estava perdendo o foco e viajando para longe dali.

— Ah, sim, o pedido... — continuou, de volta à realidade deles. — Nossa professora pediu para fazermos um desenho do nosso pedido de Natal em uma das aulas, isso ainda no prezinho, quando tínhamos por volta de quatro anos. Maria me contou que o seu maior sonho de Natal era ganhar um bebê, que fosse de verdade... *é, eu sei!* — disse, arregalando os olhos para Robert —, e ter um Natal com neve, mas vivendo aqui no Brasil. Ela fez um desenho lindo dela, já adulta, segurando sua filha, enquanto a neve caía pela cidade...

Um breve silêncio tomou conta do local. João continuou, já que Robert ainda certificava-se de que havia traduzido e entendido tudo corretamente.

— Como eu acho que seria *um pouco* estranho comprar ou roubar um bebê, embrulhar e deixar na porta da casa dela, resolvi procurar algo mais *aceitável*. Já tinha visto dezenas de globos de neve antes, mas nenhum tinha chamado a minha atenção como aquele... e não somente por causa da beleza, mas, não sei, ele tinha algo diferente. Era a cidade do Rio de Janeiro ali dentro, tinha a neve e o Cristo, tudo muito lindo e perfeito, mas... também tinha certo ar mágico, sobrenatural, que prendeu o meu olhar e me hipnotizou até que eu o comprasse. — Ele fez uma breve pausa, à medida que se lembrava dos detalhes do globo que havia comprado... e depois jogado no mar. — E pensar que ele era único... não havia nenhum outro, nem parecido ali na barraquinha...

— Devia ser um globo muito bonito, mesmo!

— Era... e, sabe... agora eu meio que me arrependo de tê-lo jogado fora. Eu me arrependo *muito*, na verdade!

Ele era simples e tal, mas era o Rio de Janeiro sendo coberto de neve, algo que ela sempre quis ver no Natal, e acho que gostaria de ter esse presente com ela, guardá-lo e tal. Mais do que isso, a carta que eu mandaria junto completaria o encanto do presente que ela sempre quis, e eu estaria me declarando, tudo num só pacote! Não seria legal? — A pergunta foi um tanto quanto retórica e João continuou, antes que Robert pudesse dizer qualquer coisa: — Quando eu vi aquele ator chegando, abraçando a Maria e beijando ela, ali, na minha frente, parece que nada mais fazia sentido... a carta, o presente, até mesmo o trabalho de jornalista ali na emissora... E daí eu fui pro lugar onde eu me sinto um pouco mais livre, seguro, e fiz o que fiz. Me arrependo? Acho que sim, um pouco. Quer dizer, me arrependo pra caramba! Mas também não quero pensar muito sobre isso, agora... além do que, eu não teria te encontrado se não tivesse ido até lá e praticamente desmaiado na areia!

— Bom, você tem razão! — acrescentou o ator, aliviado pela quebra da tensão.

Os dois deram uma risada um pouco nervosa, mas que, rapidamente, tornou-se uma gostosa gargalhada ao se lembrarem dos detalhes daquela tarde na Enseada. O brigadeiro, sendo comido de colher, ajudou a adocicar um pouco a acidez de algumas memórias recentes.

— Tempo de *qualidade*... — disse Robert, olhando para frente, mas vendo vários fragmentos de diferentes momentos de sua vida. — Faz tanto tempo que eu não vivia algo assim.

— Algo assim... como? — indagou João, curioso.

— Assim, leve, de verdade, espontâneo... Esse tipo de evento começa a ficar cada vez mais raro, com o passar das décadas — respondeu o ator, num tom suave, mas um pouco carregado de emoção. — Hey, tenha sempre um *tempo de qualidade* com as pessoas que você ama, todos os dias, sempre que possível. As situações mais simples e imprevisíveis, geralmente, criam as memórias mais extraordinárias. *Cada momento é importante e único!*

* * *

A conversa prosseguiu para dentro do universo da escrita e leitura, no momento em que João foi pego admirando a bela estante de livros que o ator tinha em sua sala. Nenhum tipo de decoração natalina era vista pela casa, mas os belos livros — e alguns enfeites espalhados pelos cômodos — ajudavam a criar um clima aconchegante.

— Você juntou vários livros, em poucos meses por aqui... — comentou João, ainda olhando com encantamento para a diversidade de livros, de vários idiomas e gêneros, que encontravam-se ali.

— Ah, a maioria já estava aqui na casa, mas, confesso que, quase sempre que saio, volto com um volume novo. Se a história for chata, ainda serve como decoração... ou para estudar um pouco de português.

— E, além de ler, pesquisar e viajar por essas histórias, já escreveu ou publicou alguma coisa?

— Algumas peças de teatro e textos para jornais locais. Comecei um romance, há muito tempo... Mas tive um problema no computador e acabei perdendo tudo. Naquela época, não era tão fácil salvar tudo na nuvem ou em algum outro dispositivo. Eu poderia ter protegido melhor o texto, mas acredito que era uma história que não precisava ser finalizada...

— Acho que toda história, por pior que seja, merece um ponto final. Ou, quase todas...

— E como o senhor pensa em continuar a sua história com a jornalista estrela da TV? Já pensou em como fechar esse capítulo, ou vai deixar tudo em aberto?

— Eu... ainda não sei — João parecia um pouco mais reflexivo, novamente. — Talvez não seja a hora, e, pra falar a verdade, depois de tudo que eu vi, acho que foi até melhor ter jogado a carta junto. Eu poderia escrever outra, mas acho que não sei mais o que escrever ou dizer pra ela... Tô sentindo que tenho que focar um pouco mais na minha vida profissional e na matéria pra emissora, agora...

Robert terminou mais uma colher de brigadeiro e tomou um gole de refrigerante para dar uma quebrada no doce que, para ele, era açucarado demais.

— Quando você não souber o que dizer ou escrever, apenas sinta... Dê um pouco de tempo ao tempo, e a você mesmo. Depois de uma pausa, sente-se e simplesmente escreva tudo que estiver pensando e sentindo, e jogue suas palavras ao vento... Publique em algum lugar, envie para um amigo, mande uma carta secreta para ela, para o jornal ou para algum blog na internet... De alguma forma, Deus fará com que o vento, o fogo ou a água as leve para o destino certo.

— E se eu não quiser simplesmente jogá-las ao vento? Será que às vezes não é melhor simplesmente deixar algumas histórias guardadas na gaveta?

— Talvez seja, para você, mas o mundo está cheio de histórias brilhantes que nunca serão lidas, filmes incríveis que nunca serão vistos, ideias maravilhosas que nunca terão vida... Talvez seja melhor para você, mas pense em quantas pessoas poderiam ser ajudadas ou inspiradas por algo que você viveu, uma lição que aprendeu, uma história que, por mais simples que seja, pode fazer alguém um pouco mais feliz — Robert descarregava suas palavras, ideias e ficou feliz em ver a expressão de seu amigo tornar-se um pouco mais leve. — Bom, e, acho que você percebeu que eu amo ler. Seria um prazer receber suas palavras, a qualquer momento.

— Como vocês chamam mesmo aqueles amigos que escrevem um para o outro... *Pen* alguma coisa...

— *"Pen Pal"*, "amigo de caneta", por correspondência, cartas... — e os dois sorriram ao perceberem que o significado era ainda mais profundo e verdadeiro, dentro da amizade que estavam criando.

— Eu nunca tive um amigo assim, mas seria um prazer começar com você!

— Então, está feito. Sempre que quiser escrever, tiver qualquer coisa para contar ou não souber para onde enviar suas palavras, estarei sempre aqui para as receber e ler com todo o meu coração — e levantou uma de suas canetas em direção ao seu amigo brasileiro, como se fosse uma espada de um guerreiro.

João fez o mesmo ao pegar sua caneta e os dois encostaram-nas no ar entre eles.

— Está feito. É uma promessa! — disse João.

— Está feito. E é para sempre, meu amigo! — concordou Robert.

O brigadeiro já estava praticamente finalizado, quando os dois começaram a sentir as barrigas um pouco inchadas e uma sensação de saciedade que não era vista há dias. Pensando em uma das expressões artísticas favoritas de Robert — a música —, João comentou que haveria um grande festival na praia de *Ipanema*, no dia seguinte. Ele sentiu que seria algo que poderia interessar o animado senhor e, antes mesmo de terminar de contar os detalhes do evento, já havia ganhado um sinal positivo de confirmação por parte de Robert.

Tudo parecia caminhar bem. A amizade entre eles, apesar de também ter sido motivada, no início, pela investigação para a matéria que João estava produzindo, amadurecia naturalmente de forma que o garoto não precisava forçar nenhuma situação e nem se sentia desconfortável na presença de Robert. O senhor americano era um personagem e tanto, interessante e cheio de histórias para contar, mas, além de tudo isso — na verdade, *muito mais* do que tudo isso —, era também um ser humano incrível e tornava-se, dia após dia, um verdadeiro amigo para João.

O visitante colocou os pratos na pia e ligou a torneira para começar a lavá-los, mas foi logo impedido por Robert.

— Hey, grato, mas você terá um dia cheio amanhã. Guarde energias para o festival!

João tentou contra-argumentar, mas acabou cedendo, ao reconhecer que estava cansado e precisava voltar para casa e recarregar um pouco as energias. Quando estava se preparando para ir embora, Robert lhe perguntou:

— Para onde você tá indo, agora?

— Humm... vou direto pra casa.

— E quem irá encontrar lá?

— Minha família... Humm, minha mãe, dois irmãos e o meu cachorro, caso ainda estejam acordados. Meu pai ainda não voltou de viagem, então, acho que é isso. — João parecia um pouco confuso com as perguntas tão simples e diretas.

— Aproveite isso, garoto, todos os dias. Ontem, você já tinha me mostrado isso, mas, hoje, você provou que não é o *lugar*; hoje, você fez dessa casa um *lar* e me lembrou da sensação de ter uma família dentro dele. E essa *família* não é exclusiva de laços sanguíneos; ela pode acontecer em uma amizade verdadeira, em uma adoção ou num gesto de humanidade e amor entre nós seres-humanos; ou até mesmo com os animais. Não importa o que você faça na vida ou quanto dinheiro tenha no banco, nada é mais importante do que isso. — Robert olhava fixamente para os olhos de João que, por sua vez, ouvia atentamente cada palavra pronunciada pelo amigo estrangeiro. — Ele pode dar presentes para ela que você não pode comprar, mas talvez você possa amá-la e oferecer algumas coisas que ele nunca poderá!

Um suave jazz tocava em um canal de vídeos na televisão. Aquelas palavras tomavam todo o corpo de João, que agora sentia-se mais energizado e saciado do que se tivesse comido três panelas de brigadeiro com café. No momento em que tudo parecia estar perdido, Robert lhe apresentava a situação por um novo ângulo, uma abordagem que lhe abria centenas de outras possibilidades e reacendia a centelha da paixão e esperança que encontravam-se quase apagadas dentro de seu ser.

— No final do dia, nada é mais importante e valioso do que poder voltar para casa e estar com a sua família — disse Robert, concluindo seu pensamento. — Uma das coisas mais difíceis e dolorosas da vida é que, geralmente, só damos valor para as pessoas e momentos especiais, quando eles se tornam *memórias*.

Um breve silêncio pairou no ar. Os dois refletiam sobre aquelas palavras, lembrando-se de memórias antigas, ao passo que sentiam a tal da *saudade* das pessoas envolvidas em cada uma delas. João quebrou o silêncio.

— Muito obrigado, Rob. Eu gostaria de saber o que dizer, mas como você mesmo disse, acho que preciso sentir tudo isso primeiro, para então saber o que fazer! — João estava emocionado e sentindo-se completamente tomado por uma sensação de amor e gratidão. Sem querer aguardar até as palavras aparecerem, deu um passo à frente e um espontâneo abraço em seu mais novo amigo. — Eu te agradeço muito... por tudo! A sua amizade é uma das coisas mais importantes que aconteceram na minha vida, nos últimos anos.

* * *

Apesar do cansaço, depois de um dia cheio e poucas horas de sono, João chegou à sua casa renovado. Preparou a cama para deitar-se e, assim como havia feito nas noites anteriores, começou a escrever um resumo de tudo que havia vivido naquele dia — claro, com pitadas de fantasia, para que a matéria ficasse mais atrativa e bela. Na verdade, a fantasia servia mais para preservar a identidade de alguns personagens envolvidos na história; a realidade que estava vivendo já era fascinante o bastante para que aquela matéria fosse digna de ser lida e apreciada. Ele estava cada vez mais confiante e não parava de escrever.

Quando tudo parecia estar indo por água abaixo — *literalmente*, no caso de seus presentes —, o encontro com o senhor estrangeiro o ajudou a encontrar esperança na *verdade* de sua fé; sua *intuição* o motivara a seguir em frente e correr atrás de respostas para perguntas que latejavam em seu interior; e, na última noite, a essência dos valores e relações *familiares* o lembrara do que realmente tem valor em nossas vidas. Se por um momento João havia se esquecido de algumas dessas verdades, deixado-se levar pelo vislumbre da definição de sucesso mundano e ilusões amorosas, agora sentia seus dois pés novamente no chão; mesmo que sua imaginação e paixão continuassem voando cada vez mais alto e cada vez mais longe.

Ele parou de escrever por um instante e se pegou olhando para o nada, à medida que pensava em seus pais, sua família, Renato e outros amigos, e até mesmo em seu cachorro... Refletia sobre como sentia-se em falta com cada um deles, como podia ser um filho, irmão, amigo bem melhor do que estava sendo: simplesmente doando-se um pouco mais e abrindo janelas em sua agenda para desfrutar de um verdadeiro e sincero tempo de qualidade com as pessoas que amava. *"No final do dia, nada é mais importante e valioso do que poder voltar para casa e estar com a sua família."*. A frase de seu amigo, escrita em seu bloquinho de notas, continuava a ecoar alto em seus pensamentos. Não havia frase melhor para concluir o novo trecho que estava escrevendo e, assim que costurou a citação ao trecho final de um dos blocos da matéria, fechou o laptop e terminou os preparativos para cair no sono; não sem antes deixar alguns chocolates que havia ganhado do Robert em lugares estratégicos da casa, para que fossem encontrados por sua mãe e irmãos, ao acordarem pela manhã.

Ele deitou-se e rapidamente pegou no sono. Faltavam quatro dias para a véspera de Natal.

"Sono já tá te pegando, querida?", perguntei, passando os dedos pelos cabelos de minha filha.

Ela respirava profundamente, de modo que seu peito

enchia-se de ar, e, lentamente, diminuía; seus olhinhos estavam semi abertos e era como se as pálpebras estivessem realmente pesadas. Emitiu um som que parecia meio ronco, meio um mini Chewbacca[2] com dor e, repentinamente, abriu os olhos e colocou sua mãozinha em minha axila fazendo cócegas, até que eu implorasse por misericórdia.

"Não, papai...", disse ela, com os olhos bem abertos, "pode continuar! Quero saber o final, agora!"

Eu já estava começando a ficar com sono, mas com as cócegas e o seu sorriso para mim, eu ganhei uma nova dose de motivação e energia para continuar a história sem pestanejar.

DIA 4

Obra de arte

João teve um dia estressante no trabalho. Mesmo com os salários atrasados e a falta de perspectiva, em relação ao que iria acontecer com a empresa no ano seguinte, aquele emprego era tudo o que ele e a maioria de seus colegas de trabalho tinham, especialmente considerando os problemas econômicos e sociais agravados pelas consequências da crise hídrica pelo país.

Mesmo em meio àquele caos organizacional, as cobranças não diminuíram, alguns dos funcionários já estavam chegando em seus limites emocionais e físicos, e aquele não era um dia comum: era a *super-terça*, o dia em que as coisas parecem ter um ritmo único e caótico no mundo corporativo. Ao final do expediente, exatamente às 17:31 hs, já não havia uma viva alma no escritório, além da dona da empresa; apesar dos pedidos — não tão gentis — vindos da liderança, para que os funcionários fizessem hora-extra a fim de conseguir lidar com toda a demanda do fim do ano.

Alguns minutos depois, João já estava longe e a caminho da praia de *Ipanema*, destino do encontro com o seu amigo e, por que não chamá-lo de "mais novo professor", Robert. Apesar da personalidade um pouco tímida e reclusa de João, os encontros com o amigo estrangeiro começavam a inspirar e aflorar uma parte de sua personalidade que nem ele mesmo conhecia. A espontaneidade, alegria e paixão pela vida, bem como o modo como o professor lidava com os outros seres humanos, faziam com que o rapaz começasse a se soltar um pouco mais. O simples ato de escrever, mesmo que profissionalmente para sua matéria jornalística, naquela semana, já fluía mais naturalmente. A paixão pela escrita, há muito tempo guardada dentro da gaveta, começava a ser mais explorada na vida do garoto, ao passo que era conectada com visões de produções cinematográficas, documentários que gostaria de produzir e projetos musicais com amigos distantes; a *arte* o chamava e atraía como nunca antes ele havia sentido.

Chegando à praia, o acanhado rapaz foi de súbito envolvido pela música, aromas e calor humano que preenchiam boa parte da areia ao redor do palco montado no meio da praia. Mesmo não sendo uma figura difícil de ser encontrada, João levou bons minutos até avistar Robert no local onde haviam marcado o encontro, um quiosque de sucos e salgados, perto de uma ducha. Robert usava uma camisa florida ao melhor estilo *Ace Ventura tira férias no Rio*; João, por sua vez, vestia uma roupa social com a qual costumava trabalhar, parecendo ser o guia turístico ou empresário do senhor estrangeiro que o esperava para um tour e reuniões pela cidade.

João sentou-se à mesa com seu amigo, pediu um pão de queijo e um suco de laranja para acompanhar Robert, que já estava quase no final de seu suco.

— Tô morrendo de fome! Hoje o dia foi *tenso* no trabalho!

— Mais uma razão para relaxar um pouco e aproveitar ainda mais os shows.

— Quem vai abrir o festival, mesmo? Não lembro nem do que comi no almoço hoje...

— *DJ CHIPZ!* Uma espécie de novo *Alok*, pelo que vi o pessoal comentando nas redes sociais... O *hype* tá grande!

— Ahh, olha só, sei quem é. *Gustavo Chipz*, fizemos uma matéria com ele há algum tempo, na época que ele tava começando. O cara é bom mesmo. Um pouco de música eletrônica vai ajudar e muito a aliviar esse estresse do trabalho...

— Cuidado pra não levar a vida tão a sério! Sempre que estiver a ponto de explodir, abra a janela e olhe para o céu, o mais distante que puder, no horizonte... Respire fundo algumas vezes e perceba o quão infinitamente pequenos nós somos, em meio à vastidão do universo. — Ambos respiraram fundo e riram sem saber direito a razão. Talvez apenas tivessem percebido que não era necessário ter uma razão específica para rir. Robert completou: — Mas, não vamos ficar falando de trabalho agora! Olha essa praia, quanta gente bonita, alegre e... a noite tá só começando!

Os dois brindaram com seus sucos, enquanto mais e mais pessoas chegavam e reuniam-se pelas areias da praia, já reservando seus lugares para o início do festival.

❋ ❋ ❋

Depois de pouco mais de uma hora pulando, cantando algumas estrofes conhecidas, bebendo alguns drinques diferentes e interagindo com completos desconhecidos ao longo das apresentações, ambos decidiram sair do meio da multidão para respirar um pouco melhor. Enquanto a galera ainda estava eufórica e se divertindo, como se não houvesse trabalho no dia seguinte, Robert e João afastaram-se da multidão e deixaram o show com as melhores lembranças, antes do declínio típico, e até natural, de qualquer festa que começa muito bem.

Depois de andarem por alguns minutos pela praia, encontraram algumas toras de madeira empilhadas na areia, perto de algumas rochas, num lugar mais afastado. Um sutil vento, como que de forma sobrenatural, passeava levemente, aliviando o calor e, até mesmo, fazendo-os sentir certo friozinho naquele local. Em meio às toras de madeira, um pequeno foco de fogo queimava timidamente, mas não o suficiente para se manter vivo por muito tempo — e muito menos aquecer alguém que estivesse por perto. A suave brisa que vinha do mar aliava-se ao combate contra o calor e endossava a ideia da criação de uma fogueira para que o cenário ficasse finalmente completo e, os amigos, aquecidos.

Após alguns movimentos nas toras e fortes sopradas na direção do fogo, Robert conseguiu fazer com que a pequena fonte de calor se espalhasse e ganhasse corpo e força, começando a queimar e arder em altas chamas, para a admiração de João. Os dois sentaram-se a poucos metros da fogueira e esticaram as mãos para sentir o quão perto poderiam chegar das chamas. Percebendo que o garoto havia ficado impressionado com suas habilidades de "escoteiro", o ator lhe disse:

— Meu pai costumava nos levar para acampar no verão, acabei aprendendo muitas coisas sobre acampamento e sobre a vida nessas viagens com ele. Sem falar que, sendo ator por algumas décadas, você acaba adquirindo algumas habilidades extras em diferentes áreas da vida...

— Parece ser uma profissão legal! Você não sente saudade dos palcos, câmeras... da sensação de estar atuando, vivendo outras vidas? — perguntou João, sinceramente curioso sobre as décadas passadas, de uma história fascinante vivida por aquele homem.

— Estaria mentindo se dissesse que não. Mas, muitas vezes, nós temos que saber quando terminamos um capítulo em nossas vidas para poder começar a escrever o próximo.

— E como a gente sabe que um capítulo finalmente chegou ao fim?

— Acho que uma das formas mais fáceis e seguras é perguntando ao Diretor da história. Caso a resposta não venha de forma tão clara nem rápida, uma pequena viagem, nem que seja interior, para se encontrar consigo mesmo, pode ajudar.

— E é isso que você tá fazendo agora? Eu digo... aqui, em outro país, longe de casa.

— Acho que sim... Ainda não sei se é a conclusão de uma antiga história ou o começo de uma nova, completamente diferente, mas é isso que eu quero descobrir.

Robert e João conversaram, divagaram e filosofaram sobre os mais variados assuntos, deixaram o barulho das chamas falar, quando ficavam em silêncio, e desfrutaram de uma noite tranquila, longe da agitação do festival. Para a surpresa de João, Robert tirou um saco de *marshmallows* da mochila e começou a esquentá-los na fogueira, assim como era comum de se ver nos filmes. O garoto lembrou-se do início de *Se Beber, Não Case! Parte II*[3], mas decidiu confiar em seu amigo. Os dois comeram e continuaram a conversa noite adentro.

— O seu olhar... — começou Robert —, de vez em quando, mas, com uma certa frequência maior hoje, parece que se perde, viaja pra longe, te faz sonhar sonhos que só você pode ver...

—O meu... olhar?

— Sim... Quem é ela?

— Ela... quem?

— A razão do seu olhar perdido e coração, pulsando mais rápido agora...

— Meu coração tá normal... Você tá me sacaneando, né? — respondeu João, com um riso um pouco envergonhado no rosto.

— Ah, me poupe, rapaz! Dá pra ver daqui seu coração, quase pulando pra fora do peito, embaixo da camisa! Eu sei que ela está sempre nos seus pensamentos... e você não consegue esconder isso de quase ninguém! Talvez, apenas dela...

Embora já sentisse certa intimidade com seu novo amigo, João enrubesceu de forma que as chamas da fogueira iluminavam seu rosto um pouco mais rosado agora. Seu olhar perdeu-se novamente, no instante que tentava esconder o tímido sorriso, atrás dos lábios, outra vez.

—O que você vê? — perguntou Robert ao garoto.

—O que eu vejo, tipo, agora, na minha frente?

— Sim... o quê?

— Humm... uma fogueira, labaredas de fogo, areia, água, muita água e um céu cheio de estrelas e a lua e alguns barcos lá longe...

— Parece um lugar muito bonito. Entretanto... ainda não consigo visualizar as suas palavras, não estou conseguindo sentir esse lugar... Feche os olhos.

João os fechou.

— Respire fundo... O que você está *vendo*?

— Eu vejo... a escuridão,... mas é uma escuridão um pouco diferente...

— Sim... e como está aí dentro?

— Está quente... vermelho, alaranjado... escarlate. O calor toca a minha pele como se estivesse fazendo uma massagem. Como o encontro de um rio com o mar, ou, de um tornado com um vulcão, o calor acaba colidindo com a brisa leve que vem do mar e os dois travam uma batalha na minha pele; assim como acontecia quando minha mãe assoprava algum machucado meu. É uma sensação boa. Tenho certeza de que o ar que saía da boca dela me curava muito mais rápido do que qualquer remédio... Eu pintaria essa brisa de azul; um azul bem claro, cristalino, quase transparente. A paisagem como um todo se parece com uma pintura do *Van Gogh*... parece que todos os elementos têm um certo movimento, musicalidade; tudo está vivo ao meu redor...

— Continue, acho que estou começando a sentir esse lugar...

— Estou em uma cama... Não! É muito grande pra ser uma cama... É mais como um tapete profundo e sem fim, que se move e se molda ao formato de minhas pernas. Eu posso cobri-las com a areia de seu interior e até me esconder dentro dela, como se fosse uma caverna, um esconderijo feito sob medida pra mim. Minhas mãos brincam, guardando um pouco de sua matéria, ao passo que mantenho os punhos fechados, mas quando desejo, grão por grão, a matéria se esvai por entre meus dedos. Eu posso brincar com ela e até criar qualquer coisa que eu quiser, simplesmente apalpando e dando forma para a quantidade desejada. Me sinto um pouco *criador*, co-participante da criação de tudo.

— Você está criando agora, não pare...

— Eu me sinto livre, como nunca me senti. Pertenço a esse espaço, que sinto em meu corpo, mas também sou parte da imensidão, que o vento soprando ao meu redor quer me apresentar. Deixando minha audição pular a fogueira, enquanto ainda sinto o gosto do *marshmallow* derretendo em minha boca e o cheiro da fumaça misturando-se ao doce frescor que vem das folhas das árvores; sigo em frente e posso ouvir as ondas dançando em seu próprio ritmo, antes de mergulharem na areia. Eu posso ouvir seus clamores e últimos suspiros, como que avisando às anteriores do cuidado que devem ter ao longo da jornada. Vou correndo em direção ao mar e pulo a primeira onda que se aproxima da areia. Passo dela facilmente e continuo um pouco mais rápido agora, ganhando velocidade e impulso para pular a segunda onda que vinha em seguida, e agora, mais rápido do que jamais estive em minha vida, meus pés mal tocam na água... são pequenos toques, e cada vez mais sutis. Vou correndo por sobre a terceira leva de ondas, de modo que não preciso mais pular, apenas acompanho o seu fluxo natural e a contorno, podendo assim continuar seguindo em frente. Barcos passam ao meu lado, vejo peixes nadando abaixo de mim, alguns pássaros voam tranquilos pela noite, acima da minha cabeça. O vento bate em meu rosto como se estivesse massageando-o...

— E para onde você está indo?

— Eu não sei... acho que não quero saber. Estou correndo em direção ao horizonte e, mesmo sabendo que nunca irei encontrá-lo, não quero parar. Sinto cada vez menos meus pés tocando a água...

— Pule!

— *Oi?!*

— Dê um pulo e solte o seu corpo!

João ficou em silêncio por alguns segundos. Um leve sorriso abriu-se em sua face. Ele parecia leve, em paz, e Robert o via assim, pela primeira vez desde que se conheceram. Suas palavras em seguida confirmaram isso.

— Eu tô flutuando. Parece que meu corpo não tem peso algum. Posso ver a gente sentado em frente ao fogo a certa distância. Parece que tudo está em movimento... as chamas dançam como serpentes, tentando nos hipnotizar, e elas fazem isso num ritmo diferente do das ondas, que seguem uma cadência suave, ao passo que os peixes, grandes e pequenos, passeiam tranquilos, nadando e nadando. Os pássaros agora me encaram curiosos, desconfiados, desviando a trajetória para não me acertar, mas não desviando o olhar suspeito e admirado. De certa forma, eu me sinto um deles. Não há teto sobre minha cabeça, não há chão sob os meus pés. Eu subo, subo e subo, me sinto parte do céu, irmão das estrelas, um planeta inteiro condensado em mim, ainda a ser explorado... O ar é tão puro aqui em cima; a vista, inacreditável. Tudo parece tão pequeno, tão insignificante, e, ao mesmo tempo, tão perfeito e interligado; tão importante. A *criação* é, simplesmente, a expressão artística mais bonita e especial que qualquer olho já testemunhou ou irá testemunhar.

Lentamente, seus olhos se abriram.

— Quão bonita ela é, João? — perguntou Robert.

— Ela... ela... é a menina mais bonita que eu já vi, em toda a minha vida.

— Não... você não tá entendendo. *Quão* bonita? Eu quero conhecê-la, através dos seus sentimentos.

— Eu não sei... não consigo achar as palavras para descrevê-la...

— Comece pelo que você sente, não pelo que vê. Como diria o principezinho, "*Só se vê bem com o coração*" e, "*O essencial...*"

— "*... é invisível aos olhos*", eu sei... — emendou João. — Eu só não consigo entender ou descrever a beleza dela... ou o que é a beleza em si...

— Isso já é um começo. Feche os olhos novamente e continue.

— É tudo muito sutil, encantador, misterioso... — as palavras saíam mais rápidas de sua boca, acompanhando o ritmo de sua respiração.

— Desvende esse mistério!

— Eu não sei por onde começar! — Era possível ver seus olhos agitados, atrás das pálpebras.

— Procure... — Robert o instigava com mais veemência.

— Só tem neblina, não consigo vê-la direito!

— Mergulhe nela!

— SE A BELEZA É UM *MISTÉRIO*, ELA É O SEU MAIOR *SPOILER!* — exclamou João, num volume mais alto de sua voz, e abriu os olhos, respirando de forma ofegante.

— Humm... interessante — disse o senhor, de maneira quase acadêmica.

— Interessante?

— Sim, acho que posso viver com isso.

— Oh, obrigado professor! Fico feliz com isso — respondeu João, num tom um tanto quanto aliviado e irônico.

— Mas, vamos ter que dar um jeito nessa sua *nerdice!*

— Entendido, professor! Aliás, professor, não; prezado *Gandalf*, mago dos magos!

Os dois caíram numa risada leve e gostosa que se estendeu por longos segundos. Dia após dia, as barreiras do desconhecido iam desmoronando, eles adentravam em águas mais fundas, e a amizade dos dois, mesmo recente, era fortalecida cada vez mais pelas experiências e cumplicidade que compartilhavam. Depois de um tempo, apreciando a paisagem à sua frente, João perguntou:

— O senhor já sentiu isso por alguém? Ou, ainda sente?

— Eu ainda a vejo todos os dias, quando fecho os meus olhos, quando me deito e quando me levanto. — As palavras saíam balbuciadas, Robert fechou os olhos por alguns segundos, antes de continuar. — Eu a perdi há alguns anos, foi tudo muito rápido... Ela ajudava muito com o trabalho; era o meu porto seguro, o local para onde eu podia sempre voltar, o ninho que me dava segurança e paz de ter um *lar*... E essa é uma das principais razões de eu estar aqui hoje; a ausência dela. — Depois de mais uma curta pausa, completou: — Essa paz, beleza, alegria, mansidão... tudo isso me faz lembrar dela, do seu amor, do que ela me fazia *sentir*... E é por isso que eu continuo... vivendo, lutando para manter viva a sua memória, o resplendor de sua beleza... o seu amor.

Um breve silêncio pairou ao redor e entre eles; apenas os sons da natureza eram ouvidos e apreciados por ouvidos atentos. Naquele momento, o coração do garoto, que desde sempre fora apaixonado por arte, mas nunca havia inteiramente se entregado à ela, tornava-se, pouco a pouco, um solo fértil para receber novas sementes, sentir a criação, viver novas experiências e também criar, expressando a qualidade de artista de seu Pai. Todos os seus cinco sentidos — e talvez até mesmo um sexto — estavam aguçados e percebiam, sentiam, tudo o que estava ao seu redor e dentro de si.

"Filha... Tá dormindo, querida?"
"Não, papai, só fechei os olhos pra imaginar melhor a cena!

Pode continuar."

Vivendo aquele momento, naquele espaço, ambos desfrutavam do presente, e parecia que nada poderia lhes tirar daquele estado de paz e harmonia. Simplesmente *estavam* e *eram*. Apreciavam o valor inestimável do momento, já tendo em mente como sentiriam falta dele, quando tudo aquilo se tornasse memória. Um momento depois, Robert quebrou o silêncio.

— Se olharmos bem, há beleza em todo lugar...

— *Todo* lugar? — João parecia um pouco cético, diante de tal afirmação. — Tem certeza? Até na guerra, miséria e nas dificuldades pelas quais tanta gente passa?

— Eu acredito que, mesmo nas piores situações, e por mais difícil que seja, podemos ver expressões da beleza. Um pai lutando para proteger sua família, uma mãe que sai de casa todos os dias para lutar por um futuro melhor para seus filhos, beleza na força da resistência que temos como sociedade e irmãos, mesmo que de países diferentes, ao lutarmos juntos contra a tirania de ditadores, e em tantas outras expressões de bondade e amor, mesmo em meio ao caos que a vida parece. É como uma flor nascendo em meio a espinhos...

— É bem difícil entender e aceitar, às vezes, mas acho que entendo o que você tá querendo dizer. Eu lembro de uma matéria que fizemos, ao ajudar uma família da Venezuela, que vendeu tudo o que tinha e fugiu pra cá em busca de uma nova vida. É um exercício difícil de se fazer, mas, sim, mudando o ângulo e foco da análise, no meio de todo aquele terror, conseguimos ver e exaltar algo de belo e muito nobre na força sobrenatural que fez aquele pai lutar contra tudo e todos para defender a sua família; assim como no carinho e ajuda que receberam, no momento que chegaram aqui.

— Comece por apreciar as expressões mais simples e cotidianas, e depois, será mais fácil de enxergar o plano maior de todas as coisas — Robert falava devagar, e, à medida que as palavras saíam de sua boca, apreciava admirado a natureza ao seu redor. — Veja a beleza que existe no cuidado de Deus com os animais, mesmo os mais pequenos e frágeis; eles não fazem muitos planos e nem se preocupam tanto com o futuro, mas, mesmo assim, sempre acabam achando comida e uma casa. Ou a beleza que temos na certeza de que, por mais escura que seja a noite, o Sol sempre vai nascer pela manhã e teremos mais um dia para sonhar e lutar. Ou mesmo a beleza do desconhecido, os mistérios da origem da criação e a imensidão do universo; quando a gente se sente parte disso tudo e reconhece que toda essa história é muito, mas muito maior do que a nossa pequenina mente tem capacidade de entender, fica mais fácil de reconhecer que existe um Ser superior, um Deus que é *Senhor* de tudo.

João olhava para o alto, apenas ouvindo as palavras ditas pelo amigo, enquanto reconhecia, ao seu redor, o significado de cada uma daquelas palavras. Depois de alguns segundos, ele disse:

—Acho que eu consigo ver... e isso faz eu me sentir mais leve. Eu sempre corri pra Enseada para, de alguma forma, descarregar o meu estresse e extravasar, de alguma forma, o que estava sentindo. Parece que é bem melhor quando a gente tenta se conectar e estar mais perto da criação, derrubar nossos muros, defesas, e simplesmente receber tudo isso; ficar em paz. Obrigado por me ajudar a ver e sentir tudo isso, especialmente no meio de uma semana tão turbulenta!

— É um prazer, João. Seja grato, mas não a mim. Mesmo

em meio a qualquer dificuldade, seja grato. Pare para apreciar a beleza da criação... da vida. Apesar de tudo, a vida é bela e a natureza proclama a glória de Deus.

João não sabia muito bem o que falar ou como responder. Apenas ouviu e deixou aquelas palavras preencherem todo o seu ser. Talvez o silêncio e a pura sensação de gratidão, admiração e reverência por toda beleza e bênçãos que estavam ao redor, já mostravam que ele estava realmente entendendo o significado de tudo aquilo que acabara de ouvir. Sem perder tempo e com medo de se esquecer da frase, tirou seu bloco de notas do bolso e escreveu as palavras de Robert que tanto haviam lhe tocado o coração: ***"Pare para apreciar a beleza da criação... da vida. Apesar de tudo, a vida é bela e a natureza proclama a glória de Deus."***

Os dois amigos não trocaram mais muitas palavras, naquela noite. Para quem os via de longe, o encontro agora parecia mais um retiro com jejum de palavras, algo com um tom quase espiritual, para que os dois pudessem se reconectar com o divino ou ter uma experiência transcendental. Na verdade, era muito mais simples do que isso. No final das contas, todo aquele silêncio e calmaria visava ouvir uma voz que geralmente não ouvimos com nossos ouvidos humanos; uma voz que fala baixo, quase sussurrando, no mais íntimo dos nossos corações.

* * *

Robert chamou um carro pelo celular, deixou o amigo em casa e, novamente, João não conseguiu tomar iniciativa para comentar qualquer sílaba que fosse sobre a matéria natalina que estava escrevendo e uma possível ajuda de Robert como um dos personagens. Resumindo a história, João e Renato estavam escrevendo, produzindo e dirigindo um filme, em que o ator *principal* também os ajudava a escrever as cenas, mas ainda não sabia que era parte dele.

João correu para sua cama com o laptop e o bloquinho, o mais rápido que pôde e escreveu mais alguns parágrafos, despejando ali tudo de que se lembrava e as principais lições que havia aprendido com Robert naquele dia. Lições que eram completamente diferentes de tudo que havia aprendido na escola ou faculdade. Lembrou-se de ter lido algo sobre a teoria das *Inteligências Múltiplas* em uma das matérias que escreveu para o seu blog; agora, começava a testemunhar e experimentar, na prática, algumas delas. Em pouco tempo juntos, via inteligência no modo como o seu "professor" tratava os animais e todos ao seu redor, valorizava e dava ênfase à força e beleza da natureza, também exaltava o fato de sermos parte dela; inteligência na habilidade linguística e poder que sua retórica possuía, em como seu corpo expressava-se na música e na musicalidade que, para ele, até mesmo o silêncio possuía. Suas aulas eram intermináveis, aconteciam em qualquer lugar e, mesmo nas situações mais simples, improváveis, qualquer pessoa olhava-o admirada, como um aluno que acabara de aprender algo novo e extraordinário com um professor.

João sabia que tinha encontrado alguém especial, um professor de métodos nada ortodoxos que, dia a dia, estava mudando sua vida e o modo de como ele enxergava o mundo. Tantos ensinamentos condensados em aulas particulares e excursões pela cidade, reavivavam a curiosidade e paixão pelo conhecimento no coração de João, além de trazer uma abordagem completamente nova para o modo como ele escrevia e lidava com sua mais nova matéria jornalística. Tão importante quanto a matéria e seu propósito profissional, agora, a sua mensagem e o modo como iria organizá-la, compartilhá-la era cada vez mais importante; a *beleza* deveria fazer parte e ser um ponto fundamental de sua arte, seja ela qual fosse. A super-terça chegava ao final, a matéria ganhava um pouco mais de corpo, e a véspera de Natal estava cada vez mais próxima.

Antes de deitar, ele abriu sua janela e apagou a luz do quarto para sentir o ar fresco da noite pela última vez. Apreciou a imensidão do céu, viu beleza em cada detalhe da natureza ao redor, e voltou para a cama com uma paz que há muito tempo não sentia, na hora de dormir. Mesmo apreensivo por causa dos problemas financeiros, incertezas com relação ao futuro e uma certa solidão que o afligia em alguns momentos — tudo isso aliado à pressão para a conclusão e entrega da matéria —, ele sabia que não estava sozinho e que, apesar de tudo, a vida era *bela*. João fechou os olhos e dormiu na companhia da Lua e de todas as estrelas do céu, naquela calma noite.

Faltavam três dias para a véspera de Natal.

DIA 3

Haja o que houver

oda a beleza, aroma e cores da noite foram trocados pelos tons pastéis escuros que preenchiam o interior da editora. Mesmo que a realidade diante de seus olhos não fosse tão bela e atraente, o editor/jornalista buscava em sua memória e imaginação universos para os quais poderia teletransportar-se num simples fechar de olhos. Anotando ideias para a matéria e viajando para os mais incríveis e maravilhosos lugares, sempre que tinha alguns minutos disponíveis, o expediente passou relativamente rápido naquele dia.

João dirigiu-se à casa de Robert, com alguns exercícios e letras de músicas impressas, para que pudessem começar algum tipo de plano de estudos da língua portuguesa. Mesmo que o amigo estrangeiro estivesse com o idioma afiado, algumas aulas para reforçar os fundamentos, praticar um pouco mais e lapidar sua pronúncia, só faria bem para a comunicação do ator americano. Ao longo dos dias anteriores, João foi percebendo que Robert também era fluente em outros idiomas, benefício de um QI privilegiado e viagens para diversos países e continentes, durante décadas, atuando mundo afora. Além da oportunidade de ajudar o amigo com o seu idioma nativo, João também tinha a chance de aprender um pouco mais do inglês e desfrutar de um tempo de qualidade com ele.

Depois de alguns exercícios e trava-línguas — tanto em português quanto em inglês —, os quais provocaram grandes risadas, os dois concordaram que mereciam descansar um pouco. Depois de um dia intenso de trabalho e estudo, escolheram um filme e começaram a preparar a pipoca para acompanhar os refrigerantes, que já estavam nos copos com alguns cubos de gelo mergulhados. Ao passo que a pipoca estourava e os demais aperitivos para o filme eram preparados, Stewart, que geralmente não saía muito de seu quarto, sentiu o cheirinho inconfundível e resolveu juntar-se a eles. Os três começaram a conversar sobre alguns livros que Robert tinha em sua estante, enquanto aguardavam.

Tão logo a pipoca estava pronta e o filme começou, a energia de todo o bairro caiu e um denso breu tomou conta de todos os cômodos, de todas as casas da região. Surpresos com a fatalidade que fugia completamente ao controle de suas mãos, não puderam fazer mais nada além de cair numa gargalhada alta e robusta, que preencheu todo o vazio da escuridão deixado pela fuga da luz.

— Ahh, não é possível!! Acho que vamos ter que estender a conversa um pouco mais; e isso depois de um dia cheio de trabalho, conversando por horas e horas com pessoas! — exclamou João, num tom irônico enquanto continuava a rir.

— *Geez*, acho que eu prefiro jogar um lençol branco

sobre o corpo e sair assustando a vizinhança! — Robert completou, fomentando ainda mais risadas.

— Como será que era a vida das pessoas, no passado, quando não tinham celular, televisão e nem energia elétrica em casa?

— Elas conversavam umas com as outras, não ficavam a madrugada toda vendo *memes* nas redes sociais, e os dias rendiam bem mais! — respondeu Stewart.

— Humm... faz sentido! — disse João, com o seu celular na mão, à medida que procurava alguma explicação para o acontecido.

Depois de alguns minutos, esqueceram-se de que a luz os havia abandonado e, simplesmente, estavam ali, conversando, rindo, divagando sobre o passado, presente e futuro, compartilhando um momento único, algo que tornou-se tão raro nos dias de hoje. Viviam aquele momento; conversavam sem distrações; escutavam uns aos outros.

Em algum momento da conversa, Robert alcançou um violão, que estava descansando, encostado na estante de livros perto da televisão, e começou a tocar alguns pequenos trechos conhecidos de músicas famosas.

— Não sabia que você tocava violão! — disse João, com certo tom de surpresa na voz.

— Nem eu me lembrava disso — respondeu Robert. — Acho que sou um bom ator, afinal! — e os três riram da afirmação. — Aliás, toda essa situação e conversa me deram uma ótima ideia... — continuou.

— Humm.... lá vem — respondeu João, um pouco desconfiado.

— Você está disposto a fazer algo diferente, para *realmente* viver algo diferente?

— Estou!

— Pense em uma música, a primeira música que vem à sua cabeça, quando você pensa na Maria... — Robert esperou por alguns segundos. — Pensou?

— Sim... tem uma música que me faz lembrar muito dela e eu canto sozinho, às vezes, quando penso nela...

— Perfeito! Já pensou em cantar *para* ela? — disse Robert, enfatizando que ele deveria fazer aquilo diretamente para a amada.

— Nunca pensei, mas agora a cena tá começando a aparecer na minha cabeça... e não sei se seria algo muito divertido, ou bonito de se ouvir!

— Ah, com certeza seria! E vamos descobrir isso hoje!

— Como assim?! — respondeu João, com olhar curioso e assustado.

— *My young Padawan*[4]... Se você ama uma pessoa, dê um jeito de ela saber disso. A vida passa muito rápido pra você esconder os seus sentimentos.

João ficou pensativo, sem saber direito o que responder. Robert pediu para que ele cantasse um trecho da música e, pedindo a ajuda de Stewart que, além de um ótimo amigo e motorista, também era um exímio musicista, versado em quase todos instrumentos de cordas, praticaram algumas vezes a canção — mas não muitas vezes, para *não perder a magia e imprevisibilidade do momento*, segundo Robert.

Antes de saírem de casa, percebendo o latente nervosismo e timidez que agigantavam-se dentro de João, Stewart aproximou-se e, olhando nos olhos do garoto, lhe disse:

— Sabe, rapaz, eu tive muito medo em minha vida, antes de abandonar todo o roteiro que haviam planejado para mim, deixar minha família e amigos em Havana, e então seguir o meu próprio caminho, escrevendo a minha história. Tudo mudou a partir do momento que eu comecei a ver o próprio medo como algo bom, como uma sinalização do universo me mostrando o que eu deveria fazer e para onde eu deveria seguir.

— Como o medo pode ser algo bom? Eu nem me lembro de quanta coisa eu já perdi por causa dele...

— O medo, *em si*, não é bom; as consequências de como você lida com ele, podem ser. Saia da sua zona de conforto, faça exatamente aquilo que te dá medo e que faz seu coração bater mais forte de verdade... Muitas vezes, a *glória* pode estar justamente do outro lado do muro do medo.

João ainda sentia o medo querendo ganhar mais espaço em seu interior, sua respiração ainda estava um pouco ofegante e o coração batia sutilmente mais devagar; agora, porém, ele estava decidido a encarar a situação e ir até o final. Mesmo que com medo.

Os três entraram no carro e, antes de saírem de casa, uma pergunta era inevitável:

— Mas, você sabe o endereço da casa da Maria? — indagou João, sentado no banco de trás do Fusca. — Nem eu sei mais... ela se mudou tanto, nos últimos anos.

— Confie, garoto. Apenas foque na canção e respire fundo! — respondeu Stewart, dando uma piscadela confiante para Robert.

João confiou. Ainda um pouco assustado, mas confiou. A frase dita pelo amigo cubano ecoava em sua mente: *"... a glória pode estar justamente do outro lado do muro do medo"*. Aquelas palavras haviam mexido bastante com ele. Embora ainda estivesse calculando as consequências de algumas das ações que fariam o seu coração bater mais forte, além de estar com um pouco de medo e ansiedade, resolveu fazer assim mesmo. *Eu preciso mudar o curso da minha vida,* pensava, *e para isso, eu preciso tomar decisões e fazer coisas que nunca fiz antes!* De uma maneira que ele nunca havia sequer cogitado, naquela noite, ele estava indo fazer duas coisas que nunca havia feito antes: cantar em público e declarar seu amor à sua amada.

❋ ❋ ❋

Chegando em frente à uma casa de dois andares, num bairro tranquilo da cidade, Stewart diminuiu a velocidade, olhou com calma para a casa, checando o número ao lado do portão e afirmou: *"É aqui!"*. O coração de João, que já estava acelerado, começou a bater ainda mais rápido e forte.

O motorista do trio parou o carro do outro lado da rua, a alguns metros de distância da casa. João pediu um tempo para respirar um pouco, aquecer a voz e se preparar mentalmente para a primeira serenata de sua vida. Após um minuto, Robert abriu à porta do carro e já se preparava para puxar o brasileiro para fora, enquanto seu amigo terminava de afinar o violão antes de sair do carro. João fechou os olhos, disse alguma coisa que ninguém conseguiu entender e saiu por conta própria.

— Relaxa! É como tomar um banho de água fria, garoto. Não é gostoso no início, mas você se acostuma durante, e vai te fazer um bem danado com o tempo! Vamos lá! *Break a leg*[5]! — disse Robert, encorajando-o.

— Espero que faça bem, mesmo... — respondeu João, com as pernas um pouco bambas, mas decidido a encarar a situação de uma vez por todas. — Bom, alguma dica de atuação antes de subir no palco? É só fingir que eu sou um personagem cantor que não tem vergonha, né?

— Você não finge nem mente, quando está atuando de verdade, rapaz. Não é bem *atuação*, quando você está realmente *vivendo* uma vida. Apenas esteja presente, curta o momento de todo o seu coração, *seja* o personagem e deixe as suas emoções transbordarem...

Com o violão devidamente afinado, Stewart também saiu do carro e bateu a porta esquecendo-se de que qualquer barulho, por mais baixo que fosse, poderia atrapalhar a surpresa que estavam prestes a fazer. Robert e João olharam para ele com uma expressão de reprovação, ao mesmo tempo que pediam aos céus para que ninguém, além deles, tivesse escutado o pequeno estrondo realizado pela porta.

Os três mosqueteiros andaram cuidadosamente para mais perto da casa, tentando fazer o mínimo de barulho possível. A rua estava tranquila, com poucos carros passando por ali. A energia havia voltado, mas muitas pessoas já tinham ido dormir e restavam poucas luzes, ainda acesas, naquela serena noite de quarta-feira.

Assim que chegaram em frente à casa dela, Robert e João entreolharam-se e o amigo mais velho fez um sinal com a cabeça, como que encorajando o garoto apaixonado. João deu dois passos à frente e, a alguns metros dos amigos, parou olhando para a janela do andar de cima, que dava para a rua. Por um breve momento, a cena clássica de *Romeu e Julieta* passou pela sua cabeça e ele já podia imaginar Maria aparecendo na janela, vestindo uma camisola branca com os seus cabelos ao vento, resplandecendo uma beleza etérea e um olhar completamente apaixonado, ao ouvir sua voz clamando pelo seu amor. Talvez ela o convidasse para subir pela janela? Talvez descesse correndo, abrisse a porta e o beijasse agradecendo por ele ter, finalmente, se declarado a ela? Talvez, talvez, *talvez...* e só havia uma maneira de descobrir...

João fechou seus olhos uma última vez, tomou fôlego, e começou a cantar com a voz um pouco trêmula... *"Never knew... I could feel... like this... ... Like I've never seen the sky... before...".* Ele fechou os olhos novamente e parou por um instante; todo o seu corpo estava arrepiado, tomado por uma adrenalina desconhecida que o fazia sentir uma sensação nova, gelada, mesmo em uma noite quente de verão como aquela. Luzes foram acesas em outras casas da rua e algumas curiosas silhuetas apareceram nas janelas para conferir o que estava acontecendo na rua.

João abriu os olhos lentamente, olhou para trás e, assim como antes, viu os dois homens lhe dando um olhar reconfortante de aprovação e encorajamento para que ele continuasse. O pequeno violeiro começou a dedilhar lentamente a continuação da música *Come What May* em seu violão e João, mais relaxado e seguro de si, deixou sua voz sair com mais confiança, continuando a canção que, mesmo sem nenhum planejamento ou expectativa de ser entoada em uma serenata, já estava sendo praticada há muito tempo para a sua amada...

"I want to vanish... inside your kiss...

Every day I love you more... and more

Listen to my heart..."

Quando terminou o refrão da canção — com uma voz que, naquele momento, já estava confiante e até um pouco *aveludada* —, uma luz se acendeu na janela do quarto, para o qual o garoto cantava. A sensação que todos tiveram foi a de que Deus havia clicado *"pause"* na história

do mundo; tudo e todos ficaram em silêncio e estáticos...
Parecia que os três românticos na rua estavam brincando
de estátua, aguardando que Julieta aparecesse na janela
para, enfim, saberem o que aconteceria a seguir naquela
cena.

De repente, uma silhueta feminina apareceu na janela.
Enquanto alguns sons de uma voz fina e doce podiam
ser ouvidos, mas não identificados, parecia que a dona da
silhueta estava apressadamente arrumando uma mala —
ou mochila —, preparando-se para...

SUBITAMENTE, uma longa corda feita com lençóis saiu
voando pela janela, em meio à cortina, quase acertando
João, que teve de se esquivar para não ser atingido por ela!

A sombra aproximou-se da cortina. O formato dela
foi crescendo, CRESCENDO, até ficar bem maior do
que João imaginava que a silhueta de Maria seria. Sua
amada era uma mulher alta, esbelta, com um corpo
frequentemente elogiado nas revistas e programas de
entrevistas, nos quais ela aparecia para conversar sobre
sua vida profissional ou simplesmente tomar um café da
manhã, enquanto comentava alguma notícia importante
da semana. Seu profissionalismo, aliado a um carisma
hipnotizante, fazia com que ela se destacasse em meio a
outros jornalistas mais velhos e experientes. Seus perfis
nas redes sociais eram informativos e divertidos, o que
lhe proporcionava mais engajamento e seguidores do
que a maioria de seus colegas. Aliado a tudo isso, as
fotos e boatos que começavam a aparecer sobre ela estar
saindo com um ator famoso também ajudavam a trazer
um pouco mais de atenção para a jornalista, embora ela
fizesse o possível para ser discreta e manter sua vida
pessoal longe dos holofotes — uma tarefa cada vez mais

difícil.

De qualquer forma, momentos antes da dona da silhueta abrir as cortinas, João teve um forte pressentimento de que aquela não era a sua amada, a sua Maria. *Talvez seja a mãe dela!*, pensou ele, considerando o tamanho do corpo, um pouco mais avantajado e o cabelo mais curto. Quando as cortinas finalmente foram abertas, bom, digamos que foi quando o *show* realmente começou...

Uma senhora, no auge de sua melhor idade, apareceu na janela e, olhando fundo nos olhos de João, exclamou:

— Eu sabia que você viria! Eu sentia que o dia estava chegando! Demorou quase a minha vida inteira, mas você finalmente apareceu!

Os três homens entreolharam-se com os olhos mais abertos já vistos na história da humanidade. Vendo uma perplexidade radiante no olhar de João, a mulher perguntou:

— Meu bem, você quer que eu desça ou prefere subir para me buscar?

Apenas um *"cri-cri-cri"* de um grilo estridulando em uma árvore por perto pôde ser ouvido ao redor deles. João tentava compreender a situação e achar alguma palavra para expressar o que estava vendo e sentindo...

— Eu... eu não sei... o que é você?? Meu bem... *quem??* — João estava completamente desnorteado.

— Eu esperei por uma serenata assim por toda a minha vida! Não aguento mais, sempre a mesma rotina, há quarenta anos o mesmo homem me tratando como uma empregada... Eu recebi uma profecia dizendo que o amor se renovaria através da música em minha vida, e, desde então, me preparei para a sua chegada. Se o que você cantou foi de coração, eu não quero mais pensar, só quero me entregar e viver tudo isso também! Vamos fugir juntos...

Todas as palavras que João conhecia simplesmente desapareceram na escuridão da noite. O som de uma voz masculina pôde ser ouvido, vindo de dentro da casa, ao mesmo tempo que uma outra luz se acendeu em um cômodo ao lado. "O que cê tá fazendo aí, mulher??", disse a voz rouca, num volume um tanto quanto alto.

— Está na hora, *meu broto!* Não temos mais tempo a perder... Vamos fugir juntos? — ela aguardou dois segundos por uma resposta. — Vou tomar o seu silêncio como um *sim!*

A senhora não esperou nem mais um segundo por uma resposta ou comentário vindo de João, logo arremessou uma mochila com algumas trocas de roupa e produtos de higiene pessoal, os quais caíram em cima de um carro que estava estacionado próximo de sua janela. O alarme do carro começou a tocar, o que fez com que mais luzes de outras casas começassem a acender pela rua. Cabeças curiosas e celulares apareciam pelas janelas, filmando a cena e procurando entender o que estava acontecendo por ali.

— Segure bem a corda aí embaixo... lá vou eu! — exclamou a senhora, já segurando firme nos lençóis bem amarrados e preparando o corpo para descer por eles até a rua.

"Não, *não*, NÃO, **não!** *Cuidado!* Não faça isso!", gritaram os três amigos, quase que em uníssono, ao passo que ela tentava colocar — sem sucesso — uma perna para fora da janela para dar início à fuga aguardada desde a tal profecia.

O tamanho um pouco avantajado de seu corpo e sua falta de coordenação fizeram com que ela derrubasse dois vasinhos que se encontravam no parapeito da janela. Os vasos se espatifaram no chão e por pouco não acertaram novamente o mesmo carro, no qual a mochila havia pousado anteriormente. Percebendo que a empreitada da mulher não era brincadeira nem blefe, os três homens, sem ter combinado nada ou dito uma só palavra, saíram correndo em direção ao carro, como se estivessem correndo para proteger suas vidas de uma nave alienígena que pairava sobre o local. As portas do carro ainda estavam sendo fechadas, quando os pneus cantaram no asfalto e os amigos começaram a se afastar dali sem olhar para trás.

* * *

Stewart dirigiu o mais rápido que pôde sem nem saber para onde estava indo. Ele simplesmente ia. E assim eles foram, até que chegaram a uma rua movimentada com várias lanchonetes, barzinhos e restaurantes de *fast food*. Decidiram parar o carro no estacionamento do primeiro que viram e, antes que conseguissem abrir as portas para sair, ficaram ali, sentados, ofegantes, apenas tentando digerir tudo que tinha acontecido nos minutos anteriores.

— Uau! Esse é o nosso piloto de fuga! — exclamou Robert.

— Modéstia à parte, eu sou muito bom no volante mesmo! — gabou-se Stewart, com um sutil sorriso no rosto.

João tentava entender o que tinha acontecido, depois que ele começou a cantar no meio da rua; tentava em vão. Sentia que tinha perdido parte de sua memória recente.

114

— Foi ou não foi incrível, João?? Gostou da sensação? — perguntou Stewart, animado.

— Como assim *"incrível"*? Você viu o que aconteceu? Você disse pra eu confiar, não ter medo, derrubar o muro.... Você disse que ela morava ali! *Ahhhh!* — disse João, claramente atordoado com a situação.

A expressão no rosto de Robert tornou-se um pouco triste e carrancuda. Ele pensava em voz alta:

— Eu não sei... é o endereço certo, ou, pelo menos, era... É a casa onde ela morava até o final do ano passado...

— É, aparentemente não é onde ela mora *agora*! — exclamou João, não conseguindo barrar ou esconder a sua frustração. — Eu avisei que ela se muda bastante... a gente tinha que ter checado isso antes.

— Sim, a gente tinha que ter checado. *Né*, Stewart? — disse Robert, olhando sério para o violeiro, que agora permanecia em silêncio, tentando visualizar os sabores de Milk Shake apresentados em um painel do lado de fora.

Depois de alguns minutos em silêncio, os três já estavam mais calmos. Robert olhava para o céu, com um certo ar de melancolia no rosto, como que esperando uma resposta para o acontecido. Percebendo que isso não melhoraria em nada a situação, quebrou o silêncio:

— Hoje, a janta é por minha conta!

Eles entraram na lanchonete, fizeram seus pedidos e comeram sem trocar muitas palavras. Pouco a pouco, o clima voltava ao normal e algumas risadas apareciam de repente, quando um deles lembrava-se de alguma frase ou momento específico da cena que haviam vivido naquela noite. Com toda certeza, era uma cena que não iriam esquecer tão facilmente.

Depois de comerem e beberem, até acalmarem um pouco o estômago e a frustração, Robert e Stewart levaram João de volta à sua casa. Ao estacionar o carro em frente ao prédio do amigo carioca, João desceu e, abaixando-se um pouco para se despedir dos atores, apertou-lhes as mãos de uma maneira firme, mostrando que estavam juntos independentemente da situação. Apesar das risadas e momentos de descontração, Robert podia ver focos de tristeza escondidos nos olhos do rapaz. Antes que João partisse, ele disse:

— Hey... eu tô muito orgulhoso de você. Não é fácil e não é qualquer um que faz o que você fez hoje!

— E... João... — Stewart chegou mais perto da janela para também deixar uma palavra para o garoto —, independentemente do sucesso do resultado, hoje você derrubou um muro em sua vida. Eu sei que tá doendo, mas você tá um pouco mais livre, um pouco mais forte! — terminou com o punho fechado, fazendo um gesto de força com o braço, na tentativa de animar um pouco o amigo apaixonado.

— Obrigado... eu acho — respondeu João, quase balbuciando as palavras, e abriu a porta para entrar em seu prédio.

Robert e Stewart ficaram ali, dentro do carro, olhando para ele até que não fosse mais possível vê-lo, e então, tomaram o caminho de casa. João passou reto pelos elevadores e optou por subir pelas escadas. Chegando ao seu quarto, depois de escovar os dentes, colocou o pijama e sentou-se na cama com o laptop à sua frente. O tique-taque do relógio parecia estar um pouco mais alto do que o normal. Ele abriu o arquivo de texto, no qual estava trabalhando para a matéria e as palavras simplesmente não apareciam. Escrever ainda seria a parte mais fácil do processo; pois convencer Robert a participar da matéria atuando como Noel e gravar com eles, era a parte que tirava a sua paz e sono.

Quanto mais ele tentava concentrar-se, mais as memórias da serenata voltavam à sua mente; e não eram tão engraçadas dessa vez. Ele havia jogado sua carta no mar e decidido não escrever outra; havia tomado coragem para fazer algo que nunca fizera antes em sua vida, mas acabou cantando, no meio da rua, para uma senhora desconhecida; agora, sozinho em seu quarto, buscava uma maneira de esquecer dos fracassos e condensar tudo que havia acontecido, dentro de uma história que fizesse sentido, que fosse única, especial e atraente o suficiente para que o pessoal da emissora gostasse e aprovasse a sua contratação.

Na falta de um diamante bruto, brilhando em frente aos seus olhos nas águas da inspiração, começou a garimpar suas memórias, peneirar as melhores cenas e lapidar as pequenas pedras que lhe chamavam a atenção na tentativa de encontrar, ou então *criar*, um mineral de valor. Selecionava os melhores momentos, adicionava uma pitada de ficção, romance e fantasia, e, *voilà*, tinha um parágrafo ou cena que podia compor o corpo de sua matéria. Porém, ainda lhe faltava um final surpreendente, o tão esperado *grand finale* da história, o herói lutando e derrotando o dragão para salvar o mundo ou a donzela em perigo na torre, deixando assim os leitores de queixo caído, emocionados e fascinados com a matéria do mais novo jornalista contratado pela emissora. Centenas de quadros mentais viajavam por sua mente, fotos e vídeos de um sonho vívido, no qual tudo era possível. *Tudo*, desde que ele terminasse a matéria.

Depois de toscanejar algumas vezes, enquanto escrevia, acabou percebendo que aquela era uma luta da qual não sairia vitorioso naquela noite. Resolveu levantar a bandeira branca e abandonar a batalha da madrugada contra o sono, visando ter alguma chance na guerra do *Projeto Finalizado e Entregue*. Dentro de algumas horas, teria novamente um dia cheio de trabalho pela frente, o último antes da véspera de Natal, e para o qual precisaria de sua energia recarregada para fazer tudo que fosse necessário. Antes de fechar o laptop, uma frase dita pelo Robert teimava em permanecer latejando dentro de si: ***"Se você ama uma pessoa, dê um jeito de ela saber disso. A vida passa muito rápido pra você esconder os seus sentimentos."*** Sim, ele tinha saído de sua zona de conforto, pulado o muro do medo e procurado um jeito de contar tudo pra ela, mas, devido às circunstâncias, sua declaração não havia chegado ao destino almejado.

Refletindo um pouco mais sobre o sentido da frase, acabou percebendo como a correria do dia a dia e pressões da vida adulta estavam, lentamente, tornando-o mais frio e distante das pessoas que amava; um pouquinho mais frio e distante a cada dia. Tão logo essa compreensão foi finalmente absorvida, pegou o celular e começou a escrever mensagens simples declarando, em poucas palavras, o quanto amava aquelas pessoas e o quão importante elas eram para ele. Começou pelos seus pais, irmãos, amigos e até alguns velhos conhecidos que haviam marcado sua vida de alguma forma.

Abrir os olhos e dar de cara com a notificação de uma mensagem de amor. Talvez seja a melhor maneira de começar um dia!, pensou ele, já quase caindo no sono.

Quinta-feira seria um dia longo e muito importante. Embora a ansiedade, preocupação e nervosismo não tivessem o abandonado por completo, a singela ação de espalhar um pouco de amor e sentir novamente seu coração batendo um pouco mais forte, fez com que João dormisse mais leve naquela noite. Mesmo que Maria estivesse longe fisicamente, ele orava por ela e pela chance de, pelo menos em seus sonhos, encontrá-la antes do amanhecer.

O tempo voava de forma inexorável, a noite parecia estar um pouco mais escura do que o habitual, e...

"Faltavam dois dias para a véspera de Natal!"
"Sim, querida! Apenas dois dias para a véspera de Natal."

DIA 2

Livres

Aquele tinha tudo para ser mais um dia comum, mais uma quinta-feira que antecedia o dia mais esperado da semana; para muitas pessoas — inclusive João —, o dia mais esperado do ano inteiro.

Apesar da apreensão e nervosismo, provocados pela falta de pagamento e toda a incerteza que a situação dentro da editora estava causando nos funcionários e autores (semanas e mais semanas de atrasos e falta de funcionários para finalizar os livros), João e outros companheiros de equipe — os quais ainda tinham um fio de esperança na empresa e assim continuavam a frequentá-la — chegaram no horário, antes mesmo da dona da empresa e, enquanto alguns iam para suas estações de trabalho para ligar os computadores, organizar seus pertences, outros se reuniam na cozinha para preparar o café e receber um pouco de apoio emocional e psicológico dos amigos para aguentar mais um dia. João aproveitava para conversar com Renato sobre os últimos escritos e ideias finais para a matéria.

No instante que ouviram o som do portão sendo aberto e o carro da chefe entrando no pequeno prédio comercial, no qual ficava o escritório, cada qual voltou para a sua estação de trabalho. João havia começado a ler os e-mails, quando uma notificação apareceu em seu celular: *"Estou na padaria da esquina te esperando. Sem perguntas. Só vem. — Rob"*. O garoto olhou em volta, não havia muitos funcionários em seu departamento e um silêncio sepulcral pairava pelos corredores vazios da editora. Ele respirou fundo e não precisou pensar novamente. Prontamente, desligou o computador, jogou todos os pertences para dentro da mochila e andou a passos largos, por um dos corredores, até chegar ao setor de marketing.

— Re, eu vou ter que dar uma saída... Qualquer coisa, manda mensagem!

Renato estava com os fones de ouvido, enquanto assistia a algum vídeo no computador. Ele não entendeu o que o amigo havia falado e, devido a concentração no vídeo, simplesmente acenou afirmativamente com a cabeça, na direção de João, e continuou balbuciando a letra da música que estava ouvindo.

João parou em frente à porta de uma das salas, que também dava acesso ao hall de entrada do escritório, e, ao ouvir a porta principal sendo aberta e fechada pela chefe, lenta e cuidadosamente, abriu a antiga porta de madeira que, *claro*, fez um lento e não tão cuidadoso grunhido, como se um gato estivesse sendo torturado em seu interior. João fez uma careta de nervoso, mas, àquela altura do campeonato, não se importava muito mais com a opinião ou julgamento alheios. De qualquer forma, fechou a porta e usou sua chave para abrir o portão principal, antes que mais alguém notasse a sua ausência.

Ao chegar à padaria, deu de cara com Robert tomando

um café expresso, à proporção que fazia piadas e brincava com os funcionários do local. Ele vestia uma camisa florida vermelha e um shorts branco, seus famosos óculos estilo Aviador estavam pendurados no bolso da camisa e um chapéu branco encontrava-se em sua cabeça, combinando com seu shorts. Para completar o look, um tênis (o que não era muito comum de se ver em seus pés), aparentemente novo.

— *Ah*, mas quem é vivo sempre aparece!

— Olá! *Buenos días, señor!* — respondeu o garoto, com um sotaque forçado, curioso para saber o motivo do convite.

— Uma xícara de café? — perguntou Robert, apontando para o menu em cima do balcão.

— Não, obrigado, eu já tomei um gole lá na empresa.

— Humm, sei. Você não parece muito acordado... Eu tenho uma ideia, mas vamos nos apressar porque o dia será longo! — disse Robert, já saindo do local em direção ao seu carro que estava parando logo em frente. — Você teve uma noite um pouco conturbada ontem, precisamos fazer algo pra tirar o peso dos seus ombros.

— Pra onde vamos? E, você vai dirigir? Tem certeza? Nunca te vi dirigindo, não sei se é seguro... — disse João, num tom provocativo, mas apertando o passo para acompanhá-lo.

Já com a mão na maçaneta do carro, Robert virou-se, olhou bem dentro dos olhos de seu amigo, e lhe disse:

— *We're going on an adventure!* — declamou com uma voz forte e expressão animada.

"Isso quer dizer, 'Estamos indo em uma aventura!', fazendo uma referência ao filme..."

"O Hobbit!", interrompeu-me minha filha. "Eu já assisti

Senhor dos Anéis e O Hobbit[6] *em inglês com a mamãe, pai!",
completou, orgulhosa de si.*

*Eu não poderia ser um pai mais orgulhoso! (olhos
marejados) Abri um sorriso emocionado e continuei a
história:*

Entraram no carro e, antes de dar a partida, Robert
pegou uma caixa que estava no banco traseiro e a
entregou para João.

— Não é um presente de Natal nem nada, apenas uma
lembrancinha pra você não parecer meu empresário ou
guia turístico por aí! — disse o ator com um sorriso no
rosto.

João abriu rapidamente a caixa e encontrou ali um par
de óculos de sol e uma camisa azul florida, que pareciam
ter saído diretamente da loja na qual Robert comprava
suas roupas. Ele tirou sua camisa social e vestiu a nova.
Os dois amigos agora pareciam uma dupla de detetives
disfarçados, saídos de um filme de comédia policial.
Colocaram seus óculos escuros e o ronco do motor do
Fuscão começou a soar forte, até que o carro saiu cantando
os pneus em frente à padaria.

Robert abriu sua *playlist* favorita no celular e apertou
o play. *Sexy And I know It* começou a tocar, fazendo os
alto-falantes do carro vibrarem forte e os dois detetives
gargalharem alto ao lembrarem da cena no estádio. Não
havia uma pessoa nas calçadas que não parasse e olhasse
para o carro, com um sorriso no rosto, tentando entender
o que estava acontecendo ali dentro. Era o começo de um
dia e tanto para os dois amigos.

* * *

— Mas, por que hoje? O *sextou* não é amanhã? — perguntou João.

— Qual é a graça de *sextar*, quando todo mundo sexta? *Sextemos* hoje! Aliás, quando se passa a semana inteira esperando pela sexta à noite, você não *ganha* dois dias de fim de semana, você *perde* cinco durante a semana!

— Humm, não posso discordar...

— Você sabe o que vai acontecer amanhã? Hoje? Daqui a pouco? Nós fazemos planos, nos preparamos, investimos em diferentes coisas, mas, num piscar de olhos, tudo pode mudar. Muitas coisas estão completamente fora do nosso controle e, seja no dia de Natal, na véspera, ou em qualquer outro dia do ano, o maior presente que podemos ganhar é, justamente, o *presente*, o *hoje*, o *agora!*

— Sabe que eu sempre gostei muito dessa ideia... Mas nunca fui bom em colocá-la em prática!

— Vamos viver um pouco, garoto... agora! Aliás, acho que você ainda não está muito acordado e nem comendo muito bem ultimamente... Vamos resolver isso hoje!

E não poderiam começar em maior estilo! Robert comentou algo sobre como era o café da manhã nos palácios e castelos, lembranças de um passado glamouroso, para o qual ele fora convidado diversas vezes, para desfrutar da companhia de reis e rainhas, príncipes e princesas, e outras pessoas poderosas e importantes. João logo entendeu as referências e se deu conta para onde estavam indo.

Chegando ao *Copacabana Palace*, sentiram-se como se estivessem em um filme — algo parecido com o que a Julia Roberts sentiu quando sua vida começa a mudar em *Uma Linda Mulher*[7]. A entrada do local já era como um portal para outro universo. Antes de comerem, decidiram dar uma volta pelo local, para conhecer um pouco mais daquele hotel tão famoso. Alguns artistas conhecidos, nacionais e internacionais, passavam pelo hall de entrada, uma banda de pop/rock estrangeira dos *anos 1980* dirigia-se à piscina; os dois amigos, deslumbrados com toda a opulência do recinto, esforçavam-se para passar a impressão de que estavam completamente à vontade andando por ali.

Chegando ao local do café da manhã, logo avistaram um grande bufê com dezenas de opções de pães, frutas, doces, sucos e cafés. Era difícil escolher por onde começar, mas isso não era problema para eles. Pelo horário, aquele já era mais um *brunch*[8] do que café da manhã, e, considerando o dia que teriam pela frente, Robert aconselhou o jovem a caprichar nos pratos, pois precisariam de bastante energia.

— Só vá de leve nas frutas... Quero visitar um mercado de rua para experimentar algumas opções diferentes, depois daqui!

— Bom, eu não tava planejando encontrar com elas aqui — respondeu João, com o prato cheio de pães e vários doces diferentes. Xícaras de café e copos com diferentes sabores de sucos também apareciam constantemente para ajudar na decoração da mesa.

Os dois comeram o suficiente — e um pouco mais do que isso — para sentirem-se saciados. Tendo em mente que aquele seria um dia longo e o tempo também era um recurso de alto valor naquelas situações, conversaram o mínimo possível e levantaram-se assim que deram o último gole nos sucos. Era hora de partir para o próximo destino.

Na hora do pagamento, João sentiu-se um pouco envergonhado por não ter avisado o amigo que mal tinha condições de arcar com o valor de entrada para comer naquele local. No momento que estava prestes a colocar a mão no bolso, Robert o impediu e disse: "Hoje é por minha conta, garoto. Apenas aproveite o dia.". João assentiu positivamente com a cabeça e deu um tímido sorriso. Mesmo sem querer, percebeu que Robert tinha um cartão um pouco diferente dos demais. Olhando de relance, viu que se tratava de um cartão vermelho, mas não conseguia distinguir com certeza de qual era o banco. Mesmo que aquilo tivesse o deixado curioso, resolveu não pensar muito a respeito e, assim como Robert havia dito, focou em aproveitar o dia!

Passeando um pouco pelas ruas da cidade, apreciando a beleza da arquitetura, alegria do povo e os enfeites natalinos espalhados por todos os cantos, chegaram ao bairro de *Ipanema* e estacionaram perto de uma feira que João já tinha visto muitas vezes, mas nunca havia parado para visitar e conhecer com os próprios olhos — e boca. Tratava-se da *Feira Livre* da *Praça Nossa Senhora da Paz*, um local cheio de pessoas, comida, frutas, cores, sabores e sorrisos. Definitivamente, uma ótima parada para uma manhã de sol, calor e aventura. A feira não costumava funcionar às quintas-feiras, mas, como era a semana do Natal, tudo funcionava de um jeito diferente e com um clima especial pelo país.

Os dois amigos passaram de barraca em barraca, provando as mais intrigantes e saborosas iguarias, deliciando-se com cada nova descoberta e trocando cumprimentos pelo caminho com desconhecidos que desfrutavam daquele paraíso gastronômico com eles. Coco, maracujá, morango, banana, manga Carlotinha, kiwi, melancia, pitaya, mamão, entre outras frutas frescas e coloridas, eram devoradas debaixo de um sol escaldante, com a desculpa de que precisavam quebrar um pouco o doce que comeram no hotel e aliviar o calor que era cada vez mais forte.

Para irem beliscando e guardarem um pouco para uma possível parada durante o percurso, levaram para viagem um pouco de pão de queijo, pastéis, uma tapioca para cada, alguns pedaços de queijo, dois grandes copos de caldo de cana e uma garrafinha de água de coco. *Okay*, talvez precisassem de umas duas ou três paradas para comer tudo aquilo.

Aproveitando a nova dose de energia e, agora com as barrigas já bem cheias, entraram no carro e decidiram que era hora de andar um pouco mais, para intercalar a comilança com um pouco de exercício. Percebendo que tinham comprado uma quantidade de comida maior do que aguentariam comer até o dia seguinte, foram distribuindo parte dos alimentos para pessoas que vinham pedir alguma ajuda, sempre que o carro parava pelo percurso. As músicas animadas e o charme do carro continuavam chamando a atenção de todos pelo caminho, e o próximo destino já era certo: *Parque Lage*.

Com despretensioso olhar de canto de olho, João, sem querer, avistou um pequeno bloco de anotações aberto, um pouco maior do que o seu, saindo do para-sol acima da cabeça do Robert. Olhando com um pouco mais de atenção, percebeu que se tratava de uma lista, mas não uma lista de compras para o mercado ou algo do tipo. Era mais como uma *bucket list*[9] para *o dia de folga do Robert*, com algumas ideias de lugares e atividades para que pudessem curtir a vida, pelo menos por um dia, adoidados!

— Posso dar uma olhada naquela lista? — perguntou João.

— *Nope!* — respondeu o ator, empurrando a lista mais para dentro do quebra-sol. — Se você ficar muito na expectativa do local de chegada, talvez não aproveite tanto o percurso até lá. Sem falar que o *spoiler*[10] quebra completamente a surpresa, daí!

— Entendi. E, você montou essa lista se baseando nos lugares que já visitou e em comentários das redes sociais?

— Não, a maioria deles são lugares que eu nunca cheguei a visitar antes. Quando você mora em um lugar, planejando ficar um bom tempo, não tem tanta pressa pra conhecer alguns pontos turísticos... Aposto que você mesmo não conhece vários lugares daqui!

— Isso é real, eu nunca tinha entrado no *Copacabana Palace*, mesmo. Vai ser divertido conhecer algumas localidades pela primeira vez!

Depois de mais uma breve viagem, chegaram ao parque, ao som da música tema do *Indiana Jones*[11] (se era para entrar em universos diferentes, queriam fazer com estilo!). Antes de sair do carro, passaram repelente e pegaram suas garrafinhas de água, para que, durante a caminhada, pudessem aliviar um pouco o calor. Passeando entre as árvores e animais, os dois amigos pareciam viajantes numa aventura que os levou a conhecer lugares fascinantes do parque, como um aquário, gruta, lagoa e até uma oca indígena! Aproveitaram para tomar mais um cafezinho no deslumbrante *Palacete* do parque — porque ninguém é de ferro —, e seguiram para a cena seguinte da aventura.

Saindo do parque, foram até o *Museu Nacional* para um pouco mais de história — mas, não menos andança. Passearam pelo museu, aproveitando as explicações de alguns guias e momentos de solidão para contemplar as pinturas, esculturas, vitrais e toda a vastidão de arte que ali estava presente. Querendo compartilhar um pouco da história de seu país com o amigo estrangeiro, João lhe disse:

— Sabia que o Rio de Janeiro tem esse nome porque os portugueses chegaram aqui no dia primeiro de janeiro de 1502?

— Eu... não fazia a menor ideia! — Robert abriu os braços, como quem diz *"eu não posso saber de tudo!"*

— Pois é, interessante, né? E pensar que janeiro já está quase chegando, de novo!

— Sim... e o que você fez? *O ano termiiiinaa... e comeeeça....* — as últimas palavras saíam cantadas da boca de Robert.

— Ahhhh, não!!! — interrompeu, João. — Até você? *Nãão!* Como assim, você também conhece essa música? — João não se aguentou e os dois caíram em uma gargalhada que ecoou pelos longos corredores do museu.

Uma mulher de cara emburrada os olhou com olhar reprovador e saiu de perto, com passos fortes que mostravam — e soavam — o descontentamento com o comportamento dos dois homens. Afinal, os dois pareciam dois alunos do ensino fundamental visitando um museu pela primeira vez. Aliás, falando nisso, um pequeno agrupamento de alguns pais exaustos, tentando controlar o que parecia uma excursão escolar, com dezenas de pitocos, entre seis e oito anos de idade, apareceu de repente, perto deles e, como era de se esperar, um dos pequeninos avistou Robert de longe e gritou para os demais: *"Olha!! O Papai Noel também veio visitar o museu!"*. O caos estava instaurado.

O que aconteceu a seguir é história. Dezenas de pequeninos correndo na direção dos dois, abraçando Robert por todos os lados e pulando em sua frente, querendo de alguma forma ganhar um pouco da sua atenção, mas sem saber direito o que falar ou fazer, caso a conquistassem. Os dois amigos ficaram por alguns minutos ali com eles. Robert contou histórias sobre o seu país de origem, as principais diferenças entre o Brasil e os Estados Unidos, e, claro, tirou muitas fotos, fazendo poses engraçadas, trazendo ainda mais alegria e memórias inesquecíveis para os miúdos.

Saindo do museu, sentiram que era hora de descansar um pouco as pernas e comer algo para recarregarem as energias. João pensou em sugerir sua churrascaria favorita, mas lembrou-se de que Robert era *vegano*. Sendo assim, resolveu testar um passeio diferente, um lugar sobre o qual havia ouvido falar muito, durante suas pesquisas para uma matéria de culinária que havia realizado meses antes. Muito além de suas opções gastronômicas, João sentia que o espaço/restaurante, localizado no *CADEG* (Mercado Municipal do Rio), seria o local com o clima perfeito para visitarem.

Chegando ao *Na Minha Casa*, foram recebidos com um caloroso abraço de ninguém menos que o próprio Chef do local, *João Diamante*. O local era simples e aconchegante, perfeito para que tivessem uma parada, à tarde, para repor as energias e também conversar sobre os planos para o restante do dia. Depois de vários pratos e novas experiências culinárias, seguiram caminho para outro museu. Se até então, haviam conhecido mais sobre o *passado*, estava na hora de visualizar um pouco do *futuro*.

Conhecer o *Museu do Amanhã* serviu como o contraponto perfeito que ambos precisavam para consolidar ainda mais a importância do que estavam fazendo e vivendo. Encontrando-se com o passado e o futuro, no mesmo dia, era inevitável refletir sobre como eram agraciados por Deus, por estarem vivendo um *presente* tão abençoado. Podiam contemplar e imaginar-se dentro das pinturas, esculturas e demais obras de arte do passado e futuro, porém, apesar de toda a tecnologia e informação disponíveis, sabiam e sentiam, mais do que nunca, que só é possível viver no presente. Antes de continuarem, pararam para tomar um ar e apreciar a vista do lado de fora do museu.

— É *incrível*, não é? — perguntou Robert, deixando que a brisa que se movia por sobre a face das águas lhe acariciasse o rosto.

— Sim... muito!? Quer dizer... *o quê?* — retrucou João, um pouco embananado.

— A liberdade. Mas não só a liberdade de poder sair por aí, ir pra qualquer lugar... Liberdade de ser *livre;* livre pra escolher o que fazer, falar, a quem seguir, no que acreditar...

— Sim... acho que a gente só se dá conta do valor de algumas coisas, quando acaba perdendo.

— Talvez você não perceba isso, da mesma forma que as pessoas que vêm de fora, mas isso é uma das coisas mais bonitas nesse país!

— Não é a primeira vez que eu escuto isso. Desde que eu nasci, nunca me preocupei com censura, nenhum tipo de proibição política, religiosa, ou de qualquer outro tipo de ação negativa... Acho que isso já mostra o quão livre nós somos!

— Lute para preservar isso, garoto. Poucas coisas são mais preciosas do que a nossa liberdade!

— Eu lutarei... O problema é que, muitas vezes, não sei o que fazer com tanta liberdade. Tem hora que parece que eu sonho mais do que deveria, e acabo ansioso e com medo de não conseguir realizar e viver todos esses sonhos.

Robert fitou o rosto do rapaz e, com um semblante um pouco mais sério — embora ainda com a doçura, a sabedoria e carinho de um professor, disposto a ensinar e compartilhar todas as suas experiências de uma vida inteira com o seu pupilo —, lhe disse:

— *É o seu filme, garoto*. Você é o ator principal da sua história. Simplesmente viva, ao máximo, com tudo de si, cada cena. Esse é o *seu* filme!

João não disse nada, apenas agradeceu com seu olhar e absorveu cada palavra, deixando que a mensagem ecoasse dentro de si. Os dois passearam um pouco pela *Zona Portuária*, admirando vários aspectos da cidade e sua história, que muitas vezes ficavam fora do circuito tradicional dos turistas. João tirava fotos, fazia vídeos e anotava tudo o que lhe chamava a atenção de maneira natural, sem pensar muito — pelo menos conscientemente — em como todo aquele material poderia ser útil para compor sua matéria (a qual planejava, *de alguma forma*, gravar e editar com Renato, no dia seguinte!). Depois dos museus, eles decidiram fazer algo um pouco diferente, mas não menos importante.

— Acho que estou precisando de mais um cafezinho — disse João, com um sorriso no rosto.

— Eu, um *cafezão!* — replicou Robert. — E, hoje, nós vamos tomar um café colonial caprichado!

Com esse objetivo em mente, não era difícil escolher o local ideal para saciar a fome e desfrutar de todos os encantos de um dos lugares mais charmosos da cidade. Chegando à *Confeitaria Colombo*[12], era como se estivessem em uma cena do filme *Meia-Noite em* Paris; de repente, tinham viajado para alguma época distante, em um local simplesmente incrível. Tantas histórias, beleza e detalhes faziam com que a fama daquele charmoso local fosse atemporal. Mesmo não fazendo tanto tempo, desde que almoçaram como deuses no restaurante de João Diamante — ou *John Diamond*, como Robert começou a chamá-lo, usando uma entonação britânica que automaticamente transformava o simpático chef num personagem de um filme de *James Bond*[13] —, os dois se esbaldaram com tantas delícias que tiveram até dificuldades para se levantar e sair caminhando normalmente, na hora de irem embora. Uma pequena caminhada de alguns minutos para exercitarem os corpos, ajudou na digestão dos alimentos. Quando estavam se sentindo melhor — apesar de ainda inchados e pesados —, seguiram para o destino perfeito, no qual poderiam fechar com chave de ouro aquele passeio tão especial. Embora não conseguissem mais ver ou ouvir nenhuma menção a qualquer tipo de comida naquele momento, nenhum dos dois pensou duas vezes, no instante que tiveram que escolher um último local para visitar, antes que escurecesse: *"Pão de Açúcar!"*, disseram em uníssono.

Era um final de tarde daqueles que trazem paz e relaxam, até o ser mais agitado e preocupado da face da terra. Subindo pelo bondinho, era possível ver quase toda a cidade lá embaixo, se distanciando cada vez mais de seus olhos, à medida que subiam, subiam e subiam... cada vez mais perto do céu. Chegando ao topo do morro, permaneceram alguns minutos parados, lado a lado, sem dizer nada um ao outro, enquanto simplesmente observavam e admiravam a cidade, que passaram a ver com outros olhos naqueles últimos dias.

Perto da mureta que contornava toda a grande sacada do local, conversavam sobre o quão especial aquele dia estava sendo, conforme assistiam, de camarote, a cidade lentamente começando a ser iluminada, janela por janela, casa por casa, um sonho de cada vez. Por um momento, João pensou que a matéria poderia terminar logo ali, com aquela cena, aquele fundo para a foto e um vídeo que poderia ser gravado com o seu celular, com o seu protagonista admirando a Cidade Maravilhosa, no momento que degustava uma caipirinha bem gelada, no crepúsculo do dia. Poderia... *mas*, ao mesmo tempo, ele sabia que aquele não era o *grand finale* com o qual estava sonhando; ele sentia que a história ainda não estava finalizada.

Algumas pessoas que passavam por ali reconheciam Robert do intervalo do jogo do fim de semana; paravam para cumprimentá-lo e até pedir uma foto para aquele simpático senhor que havia ganhado o coração de milhares de telespectadores. Ele era sempre super gentil, uma vez que nunca deixava uma só alma sem uma resposta ou gesto de atenção. Claramente, era um verdadeiro *artista*, no sentido mais puro e mágico da palavra.

Tão logo anoiteceu e as luzes das casas competiam com o brilho das estrelas, João e Robert deram um abraço fraternal, como dois jogadores, após uma vitória num jogo importante, reconhecendo que haviam desfrutado de um dia e tanto; algo que ficaria para sempre em suas memórias e corações.

— *So*... pizza pra terminar o dia com chave de ouro, enquanto fazemos mais uma aula ou assistimos ao filme de ontem?

— Parece um bom plano!

Durante o percurso à casa de Robert, João ligava para a pizzaria, para ganhar um pouco de tempo. Ele também sabia que precisava, de qualquer maneira, conversar com o ator sobre a questão da filmagem no dia seguinte. Mesmo com todas as indiretas jogadas — *indiretamente* — nos últimos dias, ainda não estava claro para o estrangeiro, qual seria o teor e conteúdo específico daquela matéria que seu amigo estava produzindo — e isso preocupava muito a João. *Sim, Robert havia deixado claro que estava no Brasil para descansar em seu ano sabático, esquecer um pouco do Natal e poder aproveitar essa data de uma outra maneira; entretanto, será que, com um pouco de convencimento e insistência, ele não poderia ceder e vestir a roupa vermelha mais uma vez, para uma simples matéria jornalística natalina?* Esses pensamentos, entre centenas de outros, não saíam da cabeça de João, durante todo o trajeto para a casa de seu amigo e professor.

❋ ❋ ❋

Chegando à casa de Robert, os dois amigos não conseguiam conter os risos ao se lembrarem de tudo que haviam feito e experimentado, em apenas um dia. Era como se tivessem vivido um mês inteiro em poucas horas; e era um dia que ainda não havia terminado.

Os dois conversavam, empolgados sobre os acontecimentos daquela semana e já faziam planos para os dias seguintes. Era uma noite quente de verão, no Rio de Janeiro, como de costume; uma dessas noites que nos deixam com vontade de sair correndo e pular no mar, independentemente do horário. As janelas da casa estavam abertas, permitindo que um suave vento invadisse o interior dos cômodos. Robert preparou uma *Caipirinha* para João que, por sua vez, caprichou no preparo de uma refrescante *Piña Colada* para o seu amigo. Muitas coisas haviam mudado em suas vidas, em tão pouco tempo; e muito mais ainda estava para acontecer.

Durante o tempo que esperavam a pizza, conversavam e descansavam as pernas do longo dia que tiveram. Um pouco longe dali, Renato negociava o aluguel de uma roupa perfeita de Papai Noel com um senhor que, acometido de uma severa gripe, não poderia atuar como o Bom Velhinho nos dias seguintes. Ela era clássica, elegante, e, de acordo com as medidas que os dois presumiram pelas roupas do ator americano, iria cair como uma luva nele. A roupa estava quase garantida; cabelo e barba naturais eram diferenciais que poucos tinham. Agora, só precisavam convencer o amigo a topar, nem que fosse pela última vez, viver aquele personagem para que pudessem visitar um orfanato ou asilo, fazer algumas crianças e velhinhos felizes, e finalizar a matéria sobre como um ator americano encontrou paz, amor e alegria no Natal brasileiro. Tudo estava se encaixando; parecia o *final perfeito* para a semana mais inacreditável que o aspirante a jornalista já tinha vivido!

Enquanto João e Robert conversavam sobre vários assuntos e tentavam evitar o tema natalino, era quase impossível não comentar nada ou fazer planos para o dia seguinte, a véspera de Natal! Apesar da seca, que continuava implacável, causando diversos transtornos para a população, a Cidade Maravilhosa estava mais linda do que nunca. Mesmo no pior dos cenários, as pessoas ainda conseguiam olhar para o lado bom da vida; enfeitavam suas casas, colocavam um sorriso no rosto, e continuavam, dia após dia, lutando por uma vida e por um país melhor para todos. E isso era uma das coisas que mais fascinava Robert, quando ele pensava sobre o Brasil.

A pizza demorava para chegar e, após esgotarem quase todo o repertório de temas *não-natalinos*, João acabou perguntando:

— Onde você vai passar a ceia de Natal, amanhã?

— Aqui, provavelmente, com os meus gatos e o Stewart, se ele não sair com a nova namorada. Talvez eu desça e fique um pouco com a senhora Dalva. Ela só tem um filho que mora muito longe, e acho que ele não vem esse ano.

João não se lembrava de tê-lo visto desconfortável com uma pergunta daquela forma. Sempre tão confiante e até mesmo usando da ironia como escudo para se defender de algumas perguntas mais ácidas e dolorosas, aquela vez Robert pareceu se perder um pouco nas palavras, como se procurasse uma resposta ou desculpa que tirasse o foco do fato de que ele gostaria de ficar sozinho naquela data. Poderia ser apenas uma questão do idioma, talvez um pouco por causa dos drinques que haviam tomado, mas seus olhos não conseguiam esconder algumas coisas; João podia sentir o seu desconforto e percebeu que ele não queria falar muito sobre o assunto. Mesmo assim, continuou:

— Bom, a gente vai ter a ceia na casa da minha vó amanhã... Se você quiser, e sem pressão nenhuma, seria muito legal se você estivesse lá com a gente!

— Seria, com certeza! — Robert deu um leve sorriso e pareceu considerar a possibilidade, por um segundo. — Mas, acho que não nesse ano, João.

— Não, claro, eu entendo! — respondeu, mesmo que, na verdade, ainda não entendesse muito bem o porquê.

Alguns segundos de silêncio ecoaram lentamente por toda a sala. João sabia que não tinha mais tempo, já era quinta-feira, a noite avançava, e ele teria que entregar sua matéria para a emissora, até fim do dia seguinte para que, quem sabe, tivesse a chance de conseguir o tão almejado emprego.

A emissora, apesar de grande e famosa, também estava enfrentando certa dificuldade em produzir matérias e reportagens diferentes e interessantes; mais do que isso, o Natal não era mais uma festividade que chamava tanto a atenção do público, naqueles dias; estava caindo na rotina e sucumbindo à avalanche mercadológica que, cada vez mais, se apropriava da data com o passar das décadas. A vaga para um novo jornalista era real, mas, além disso, dependendo da qualidade apresentada pelos aspirantes ao cargo, a matéria criada poderia até mesmo ser exibida para valer na TV, durante o dia de Natal!

Considerando tudo isso, João não podia esperar mais e nem esconder o fato de que Robert era, na verdade, o seu *"muso inspirador"* para todo aquele projeto que estava produzindo. Durante os últimos dias, ele havia pensado em diferentes abordagens para tentar convencer o ator a participar, mas nunca encontrava o momento certo ou a coragem necessária para fazer a proposta, confrontá-lo ou persuadi-lo a vestir a roupa do Noel mais uma vez. Sem ter para onde correr ou mais um dia para esperar, pulou o muro do medo, mais uma vez, e começou a apresentar sua ideia para o amigo:

— Eu tava aqui pensando... Sabe o que seria legal, até pra dar um complemento à matéria que eu tô escrevendo com o Renato, achar uma roupa de Papai Noel e sair pelas ruas amanhã, distribuindo alguns presentes... A gente pode dançar, cantar, brincar com as crianças e espalhar muito amor por aí! O que tu acha? — perguntou João, ainda com um pouco de receio, mas muito empolgado.

Na verdade, não era para complementar a matéria; aquela cena seria, basicamente, *a matéria*. Robert, no entanto, ainda não sabia daquilo. Temendo que o amigo estrangeiro não concordasse em participar da filmagem, como o tradicional e famoso Noel dos filmes americanos de Natal, os amigos brasileiros não haviam contado nada para ele e, agora, João encontrava-se em uma baita saia justa.

De qualquer forma, apesar de toda a pressão e nervosismo, devido aos prazos e tudo que acontecia em sua vida, João estava diferente, feliz, e com uma abordagem mais leve sobre a sua própria vida e futuro. Ao mesmo tempo em que refletia sobre essa ação para o dia seguinte, seguindo a sua intuição, uma motivação pura e com pensamento altruísta em mente, ele também não podia deixar de pensar em como seria incrível terminar a matéria que estava escrevendo com Robert sendo o Papai Noel pelas ruas da cidade. Ele já havia imaginado tudo: a roupa, o Fuscão decorado, tocando músicas natalinas, o sorriso nos rostos das crianças, os vídeos que poderiam fazer que, com toda certeza do mundo, iriam viralizar nas redes sociais... Era a cereja do bolo para a semana mais mágica que ele já havia experimentado em sua vida.

Depois de alguns segundos refletindo, Robert respondeu:

— Hummm... parece uma ótima ideia, meu amigo, mas... não neste ano. — Ele esforçava-se ao máximo para não magoar ou cortar de uma vez toda a empolgação de João. — Eu sei, seria uma ação muito legal e bonita, mas acho que podemos ajudar de alguma outra forma neste Natal...

— Eu sei que não deve ser fácil pra você, mas pense em todas as crianças e velhinhos da cidade, e em como eles ficariam maravilhados vendo você vestido como o Bom Velhinho! Sem falar que você é um ator profissional...

com certeza seria o Noel mais autêntico que eles já viram! E... eu posso até me vestir de rena pra te acompanhar, se você quiser... ponho um nariz vermelho e tudo! — João ria da imagem da cena que criou em sua cabeça, ao passo que tentava esquadrinhar as expressões faciais do amigo.

— Seria um evento muito interessante, com certeza! Quem sabe no ano que vem... — Robert estava inflexível.

João estava começando a entender que, muito provavelmente, não teria o seu amigo estrangeiro como o Bom Velhinho, no final de sua matéria. Desde o começo, logo depois do primeiro encontro que tiveram na enseada, estava claro para ele que seria impossível achar alguém como aquele enigmático e talentoso ator e, sendo bem honesto consigo mesmo, já tinha decidido, desde o primeiro dia, que não iria contar aquela história, se não fosse Robert o seu Noel.

Os dois terminaram os seus drinques e seus corpos foram lentamente tombando para trás, até o encosto do sofá. A adrenalina da conversa com o teor alcoólico das bebidas haviam causado certa tontura nos dois, de forma que seus cérebros voltavam aos trilhos morosamente.

— Preciso esvaziar um pouco a minha bexiga. Com licença. — disse João, contornando a mesinha de centro da sala, indo em direção ao banheiro.

Depois de um breve momento, um dos gatos pulou na mesa, desfilando calmamente por entre os objetos que nela estavam. Robert olhava para ele, quando uma notificação no celular de João, deixado sobre a mesa, atraiu a atenção de seu olhar. Ele olhou de relance, como que por reflexo, e reconheceu o nome de Renato na tela. Não queria olhar, tentou desviar o rosto para outra direção, mas pensou que poderia ser algo urgente e, finalmente, sua curiosidade falou mais alto;

seu corpo moveu-se sem muito esforço, ajudado pelo peso da gravidade e inclinou-se, chegando bem próximo ao aparelho. Uma nova notificação apareceu e seus olhos, agora, estavam parados bem próximos à tela do celular, que encontrava-se na borda da mesinha. Outras mensagens continuavam a chegar.

Robert não precisou nem tocar no celular, apenas contraiu um pouco as pálpebras e pôde ler as mensagens que perguntavam sobre os detalhes da conversa de João com ele e os últimos preparativos para a matéria, para que, assim, pudessem gravá-la o quanto antes, no dia seguinte, e enviá-la para a emissora, dentro do prazo, na véspera de Natal. Renato ainda ressaltava, enfaticamente, que aquela era a noite decisiva para que eles conseguissem convencer o amigo estrangeiro a colocar a roupa do Papai Noel e, finalmente, gravar com eles. Na última mensagem, a foto de uma roupa clássica do Noel e um comentário: "Essa vai ficar perfeita nele, hein!"

* * *

João saiu aliviado do banheiro e um pouco menos zonzo, depois de lavar o rosto. Quando chegou à sala, já começando a resmungar pela demora da pizza, encontrou Robert com uma expressão fechada e sem brilho nos olhos.

— Será que vai mesmo servir em mim, João? — disse Robert, com a voz grave característica, mas num volume mais baixo e uma expressão fria em sua face. João apenas olhava para ele. — Tudo isso que estamos vivendo essa semana, sua vontade para que eu seja o Papai Noel nesse Natal, é tudo pela matéria especial que você está produzindo?

— Como assim... *"tudo"*? — O corpo do garoto, naturalmente, arqueou-se um pouco, apresentando uma postura defensiva. — É claro que eu tô empolgado com esse projeto e acho que ele tem um grande potencial, mas... você não? Não seria legal vestir aquela roupa vermelha de novo e trazer um pouco de alegria e fantasia para as crianças?

— Sim, seria muito legal, mas seria muito melhor se acontecesse de forma espontânea, não sendo feita apenas com o intuito de ganhar likes, viralizar, gravar um momento artificial com as crianças e deixar esse pessoal da TV ainda mais rico! Qual é o real propósito disso tudo?

— E você acha que eu não penso assim? Você acha que é fácil pra mim ter que esquecer de algumas coisas em que eu acredito e amo fazer, pra tentar ganhar mais dinheiro e ser parte de algo que realmente faz sentido pra mim? Pra conseguir um emprego decente, pelo menos. Desde o começo, você me diz pra eu seguir meu coração, acreditar, aproveitar o dia, ser espontâneo e dizer o que eu penso, o quanto eu amo ela, como a natureza é bela e os pássaros cantam pra nós, todos os dias... Mas, sendo *realista*, do que isso adianta? No final das contas, com quem que ela tá agora? Nos braços de quem? E, falando sério, quem sou eu pra competir com ele? — João parou por um instante, tentou acalmar-se um pouco, olhando ao seu redor, mas parecia estar ficando cada vez mais nervoso e ansioso. Continuou, antes que Robert pudesse dizer alguma coisa:

— E você vai me dizer que as coisas materiais não importam, quando quase tudo que as pessoas pensam e fazem, hoje em dia, gira em torno dessas coisas materiais, ao invés do que realmente tem valor na vida? Você me disse que faz quase um ano que tá aqui... de férias, num ano sabático, sei lá. Todo esse descanso, essa ideia de *carpe diem*, liberdade, contemplação e paz... essa distância do consumismo e mercado de trabalho... te deixaram mais feliz? Mais tranquilo e resolvido com a sua vida? Por que você não tenta começar algo diferente, escreve alguma coisa que sempre quis ou atua de novo? Por que você não tá fazendo o que me diz pra fazer, segue o seu coração e faz o que realmente ama, então?

Um silêncio repentino tomou conta da casa. Os dois recuperaram o fôlego lentamente e não conseguiram mais olhar diretamente nos olhos um do outro. Após alguns segundos se evitando, João, ainda de pé, olhou para Robert e começou a balbuciar palavras que saíam com dificuldade de sua boca...

— Ei... desculpa... Eu não... eu não quis dizer que você não tá fazendo o que ama, eu só queria que...

— Não, você tá certo... — interrompeu-o Robert —, eu gosto muito daqui e, principalmente, das pessoas que tenho encontrado por aqui. Mas essa não é a minha casa... o meu lar. Essa vida não é o meu sacerdócio, propósito... o meu verdadeiro amor...

Um breve silêncio tomou conta da sala, até que o ator continuou com uma voz mais calma e suave, embora ainda estivesse carregada com o peso de cada palavra que estava sendo proferida...

— Eu deixei meu trabalho, minha vida... deixei tudo para trás. Eu deixei tudo para estar aqui... Depois que minha mulher se foi, uma parte de mim também se foi com ela, e eu simplesmente não consegui mais fazer o que fazia tão bem. Aos poucos, o tempo foi passando e eu fui ficando cada vez mais cansado com a rotina e as viagens. Cada vez mais frustrado com o esfriamento das emoções e ausência da verdade. Até que não consegui mais. Simplesmente, não consegui.

João não ousava dizer uma só palavra, apenas escutava em silêncio, com o corpo quase estático. Seu peito aumentava e diminuía, de acordo com o inspirar e expirar pesados que ele realizava para que os batimentos cardíacos voltassem ao ritmo normal. Robert continuou:

— Existem coisas na vida mais importantes do que dinheiro, garoto, e você sabe disso... Viajar pelo mundo, se apaixonar perdidamente, sem medo de esconder os sentimentos, colocar sorrisos nos rostos das pessoas, ter histórias para contar, viver uma vida junto daqueles que você ama... — fez uma pausa para recuperar o fôlego, antes de continuar. — Chegar ao final da vida e ter, verdadeiramente, vivido uma história digna de ser contada. Você sabe de tudo isso, só está com a visão um pouco embaçada por causa de uma cena não resolvida do seu filme.

— E você não acha que a gente poderia contar uma história assim... pelo menos um capítulo dela, uma cena, juntos?

— Acho que a gente poderia... se eu soubesse que fazia parte da história, desde o começo. — Robert foi até sua estante, pegou o livro *O Natal Escondido*, escrito por Timothy Keller e sentou-se na poltrona, ao lado do sofá.

— Prefiro viajar por outras histórias este ano; relembrar o real sentido desse dia. Eu não consigo mais atuar; não esse personagem. E nem quero, na verdade. Boa sorte com a sua matéria.

Robert abriu o livro e fixou o olhar em seu interior, como se mergulhasse dentro das páginas. João não tinha palavras e nem forças para contra-argumentar tudo que tinha acabado de ouvir. Sentia-se triste por causa da matéria, mas desolado por ter entristecido uma das melhores pessoas que conheceu em toda sua vida. Seus olhos estavam úmidos, prestes a dar vazão às águas escondidas em seu interior, todavia o garoto resistiu bravamente. Reuniu seus pertences, pegou sua mochila e dirigiu-se à porta da casa.

— Eu sinto muito — disse ele, ao olhar uma última vez para o amigo, antes de abrir a porta.

Quando já estava próximo ao portão, avistou um entregador parando a sua moto. A pizza havia finalmente chegado. Ele a recebeu e agradeceu pela entrega, não mencionando nada sobre o grande atraso. Antes de ir embora, o entregador comentou algo sobre um musical de Natal de uma igreja e perguntou se podia entregar-lhe um panfleto com todas as informações. João assentiu com a cabeça e, uma vez que estava com as duas mãos ocupadas, segurando a grande pizza e uma sacola com o refrigerante, pediu que o jovem o colocasse dentro da redinha de fora, na lateral de sua mochila. João voltou alguns passos e subiu novamente o curto lance de degraus que levava à porta da casa, no segundo andar. Deu duas batidas na porta e abriu-a lentamente. Robert continuava no mesmo local, lendo o seu livro.

— Entrega para o senhor. Um *pouco* atrasada, mas pelo menos está quente.

— Obrigado, garoto! — Seus olhares encontraram-se novamente. — Obrigado por tudo.

João não conseguiu dizer mais nada. Despediu-se com um leve meneio de cabeça para baixo, deixou a entrega na bancada da cozinha e saiu novamente. Antes de fechar a porta, parou por uns três segundos e voltou com metade de seu corpo para dentro da casa, olhou para o ator, e lhe disse:

— Eu acredito que nunca foi atuação, se você realmente

viveu aquela vida.

Ele não esperou nenhuma reação ou palavra de seu amigo. Fechou a porta e desceu os degraus para seguir o caminho até a rua. João não estava mais ali, quando Robert fechou o livro e os olhos, esforçando-se para conter suas emoções e tentando não pensar em como um dia tão agradável poderia ter terminado daquela maneira.

* * *

João saiu andando pelas ruas, sem importar-se com a longa caminhada que teria de volta à sua casa. Caminhava lentamente e cabisbaixo, quase sem notar os transeuntes que cruzavam o seu caminho e a decoração das lojas que, coloridas e reluzentes, estavam abertas até mais tarde naquela semana. Em contraste com as músicas animadas de Natal, um músico tocava *Corcovado* em um saxofone, em frente a uma loja, deixando o ar um pouco mais dramático e melancólico naquela noite que, de repente, tornara-se tão triste e pesada para aquele jovem. Depois de alguns passos, lojas e devaneios, decidiu parar para comer um lanche, antes de chamar um carro por aplicativo e voltar para casa. Enquanto comia, respondeu as mensagens do Renato, explicando-lhe tudo que havia acontecido.

Ao chegar em casa, naquela noite, João teve dificuldades para escrever. Na verdade, não conseguia escrever uma só palavra. Levou o laptop para a sua cama e ali ficou, por longos minutos, simplesmente encarando uma página que ansiava pelo desfecho de uma matéria que parecia ter perdido a razão de ser; uma história que sofria as dores de ter seu protagonista agonizando, relutante, distante do palco para o ato final. As cortinas seriam abertas em breve, e João questionava-se se terminar de escrever e produzir aquela matéria era mesmo o certo a se fazer. Talvez, aquela não fosse uma história de Natal, afinal; a real *matéria* teria sido uma que ele nunca tivera, durante todos os anos em que passou na escola ou faculdade: uma grande matéria condensada num intensivão de uma semana, recheada de grandes lições sobre a vida, sobre as pessoas, nosso relacionamento com elas e as experiências que vivemos durante o nosso tempo aqui na Terra; uma lição sobre ele mesmo, co-autor de toda aquela aventura que estavam vivendo juntos. *No final, é tudo sobre as pessoas*, refletiu em silêncio.

Ele tinha menos de vinte e quatro horas para terminar de escrever e produzir a matéria para enviar à emissora e, se houver um *milagre*, conseguir o tão sonhado emprego! Mesmo que a Maria já esteja em um universo completamente diferente do seu, ele decidiu não deixar que isso abalasse o seu sonho profissional. Agora, mais do que nunca, era a hora de se levantar e lutar, mesmo que sozinho, para realizar e viver seus sonhos. Ele decidiu acordar no dia seguinte, disposto a encontrar, mesmo que tivesse que procurar o dia inteiro, uma história que trouxesse o fechamento de que necessitava para a sua matéria — independentemente dos personagens que estariam nela. Dessa forma, enviou uma mensagem para Renato falando sobre seu plano para o dia seguinte e que, assim que tivesse alguma pista ou ideia nova, entraria em contato com ele, para que pudessem filmar o que fosse preciso — e *possível* — e assim, concluir a produção da matéria. Fechou os olhos, respirou fundo, e voltou a fitar a tela de seu laptop.

Vários pensamentos e memórias, daquele dia e semana,

começaram a aparecer como num trailer de um filme para o qual ele ainda não conseguia escolher um gênero específico. E talvez não houvesse um gênero determinado para aquela história, para tudo que viveu junto a Robert, nos dias anteriores, e também as lições que havia aprendido. Pensando em uma frase ou expressão para sintetizar aquela quinta-feira acerca de tudo que havia experimentado, vivido, além de uma nova abordagem que gostaria de ter para a sua vida a partir daquele momento, *carpe diem*, "aproveite o dia", foi a expressão latina que, realmente, trouxe sensação de significado e sentido para tudo aquilo. Ou então, parafraseando algumas das principais ideias e ensinamentos dos últimos dias provenientes de seu querido professor, **Viva, todos os dias, algo único e especial que faça seu coração bater mais rápido! Viva um pouco, garoto, agora!** Escreveu mais algumas palavras para amarrar esses pensamentos, em seguida, passou alguns minutos relendo-os, enquanto refletia sobre eles.

Naquele momento, João percebeu que, já passados mais de vinte e cinco anos de sua vida, mesmo tendo testemunhado e escrito algumas matérias e reportagens bem interessantes, não possuía em sua própria vida muitas histórias das quais orgulhava-se e gostaria de contar aos seus futuros filhos e netos. Talvez, pela primeira vez na vida, ele parou para pensar em sua própria história de vida, nos capítulos que havia escrito, nos versos que deixou de escrever, contar, viver. Mesmo longe de seu amigo e personagem principal da história, que tinha se proposto a contar, João ainda tinha mais um dia pela frente e, mais do que nunca, estava decidido a encontrar uma história e viver algo que realmente o fizesse sentir-se *vivo!*

Ele fechou o laptop, deitou a cabeça no travesseiro, e ali permaneceu por um bom tempo até que finalmente caiu no sono. A sexta-feira já estava começando, e trazia consigo a tão aguardada *Véspera de Natal.*

DIA 1

Véspera

Todos os sonhos sonhados por pessoas das mais diversas idades e cidades cobriam o céu com milhões de estrelas que, juntas, resplandeciam uma luz que nenhuma escuridão poderia esconder ou conter. João era uma dessas pessoas, e, durante toda aquela noite, sonhos, pesadelos e outros pensamentos revezavam-se, fazendo-lhe companhia, impedindo-o de descansar ou relaxar por algumas horas consecutivas. Mesmo antes de acordar ou retomar a consciência, seu corpo e mente já sabiam: o famigerado dia havia chegado; era véspera de Natal!

Lá fora, milhares de pessoas aproveitavam a combinação do dia de sol — embora seco e escaldante — com o fato de estarem liberadas do trabalho — em alguns casos — para saírem pelas ruas, encherem as praias da Cidade Maravilhosa e aproveitarem ao máximo cada minuto de um dos dias mais esperados do ano. Quase todos pareciam felizes e tranquilos, havia uma sensação de paz no ar, que era característica da data, um dia no qual a maioria das preocupações eram jogadas para escanteio e esquecidas por algum tempo. Pelo menos, era assim para uma grande parcela da população; para muitas pessoas, menos para João. Ele acordou antes mesmo do celular despertar, mas não conseguiu sair da cama sem que antes seu cérebro refletisse sobre o passado, presente e futuro, centenas de combinações, variáveis e conjecturas que poderiam acontecer e se desenrolar durante o dia; tudo isso, à medida que tentava fazer algum tipo de alongamento (todo desajeitado na cama), meditar ou simplesmente focar em sua respiração: *Inspira, expira... Iiinspiiira, eeexpiiira... iiinspiiiraação... cadêêê vooocêê? expiiira... inspira, expira...*

Ele rolou seu corpo pela cama e caiu de joelhos no chão para realizar a sua oração da manhã, antes de fazer qualquer outra coisa. Diferente das últimas orações que havia feito nos dias e semanas anteriores, dessa vez, as palavras apareceram rapidamente, com simplicidade e espontaneidade que, há muito tempo, ele tentava encontrar. João fechou os olhos e, depois de inspirar e expirar por mais uma vez, de maneira lenta e profunda, começou: "Oi, Papai... bom dia. É quase o seu aniversário de novo... *tá ficando velho, hein?!*", e deu uma breve risada, que foi logo repreendida pela sua mente, fazendo com que o garoto quase se desculpasse pelo humor usado em momentos inoportunos, como mecanismo de defesa contra a ansiedade. Um pouco mais sério e focado, continuou: "Eu quero te agradecer por mais uma noite de sono, por mais um dia que se inicia, pela saúde para lutar e por todas as incontáveis bênçãos que recebemos do Senhor, todos os dias e, muitas vezes, nem agradecemos por elas. Obrigado! Acredito que todos os dias sejam especiais, mas, hoje, é um dia um pouco mais especial...

por diferentes razões. Humm, o Senhor já conhece todas elas e, antes que eu tome qualquer decisão, quero entregar cada um dos meus passos, sonhos e ações em Tuas mãos. Que seja feita a Tua vontade. *Amém!*"

Era sexta-feira, dia 24 de dezembro, *véspera de Natal*, e, também, o último dia para que João pudesse apresentar a tão aguardada matéria que estava produzindo. Enfim, levantou-se e trocou de roupa, fez sua higiene matinal rapidamente, pegou sua mochila, câmera, e saiu de casa sem nem mesmo tomar café. *Dia do jejum intermitente*, pensou ele, justificando a sua pressa. Enviou uma mensagem, apenas para sua mãe, informando que estaria na rua e provavelmente não voltaria para o almoço. Aquele seria um longo dia, mas um dia que poderia passar muito rápido, e ele não queria perder nem mais um minuto sequer.

As ruas estavam bem movimentadas, já no começo da manhã. Milhares de pessoas, que deixaram para comprar seus presentes de Natal na última hora, inundavam as ruas do centro e demais áreas comerciais, em busca daquele presente especial que tanto procuravam. João não esperava encontrar outro Globo de Neve, igual ao que havia jogado no mar, nem mesmo pensava tanto em encontrar Maria, ou lhe mandar qualquer mensagem que fosse, naquele dia. Era verdade, ele realmente não estava pensando nela... até passar em frente a uma banca de jornal e ver o seu rosto perfeito, estampado em uma revista sobre os brasileiros mais influentes, com menos de trinta anos. Pois bem, esquece toda essa parte de que ele não estava pensando ou sonhando com ela. Ele ficou ali parado por alguns segundos, imóvel, fitando a capa da revista e sonhando em como seria bom passar o Natal, e todos os outros dias, ao lado dela. Seu sonho começou a virar uma espécie de pesadelo, assim que, ao olhar um pouco para o lado, viu que o famoso ator... Pedro... — e namorado "secreto" de sua amada — estava estampando, justamente a revista ao lado (uma de fofocas sobre os atores ou algo do tipo), como se as duas revistas formassem um *casalzinho* e estivessem ali esperando para ser compradas juntas e, assim, ficarem grudadas com um pouco de mel, até que suas páginas colassem para sempre, desbotassem, virassem uma só grande revista sem cor e impossível de ser... Bem, continuando...

João saiu dali depressa e continuou andando, mesmo sem ter um *norte* ou a mais singela ideia de onde deveria prosseguir. Olhou para o céu, erguendo os seus braços, como que suplicando por uma resposta ou mensagem celestial, mas tudo que ouviu foi um senhor morador de rua que, rindo e apontando para as marcas de suor em sua camiseta, declarou: *"Belas pizzas!"*

Ele não conseguiu rir e nem ficar bravo. Simplesmente, continuou caminhando. Suas costas estavam curvadas para dentro e ele andava um pouco cabisbaixo, embora se esforçasse para olhar para frente, à medida que procurava algo ou alguém que lhe chamasse atenção de alguma forma. Casais apaixonados de mãos dadas e crianças sorridentes eram tudo o que ele via; tinha a impressão de que não havia mais ninguém com o mesmo estado de espírito que o dele, pelas ruas da cidade, naquele momento. Era ele, um cavaleiro solitário, e sua missão.

Essa inesperada solidão e caminhada sem destino o deixou profundamente reflexivo, ponderando sobre tudo que havia escutado, lido e vivido nos últimos dias. Refletia sobre tudo, peneirava aquilo que lhe trazia paz e esperança, apegava-se à verdade. Ele repetia, mental e ininterruptamente, alguns versículos bíblicos e a frase que havia escutado em seu primeiro encontro com o amigo estrangeiro, apenas fazendo o movimento com os lábios. De alguma forma, isso mudou um pouco o seu humor, e sua postura já não estava tão curvada como antes. Um alicerce mental de força e fé se criava em seu interior, para que pudesse continuar andando e acreditando que algo novo e incrível poderia acontecer a qualquer momento; uma história natalina realmente única e especial — mesmo que não tivesse a presença do Bom Velhinho.

Já se aproximava o fim da manhã e o sol queimava forte no céu, perto de seu ponto central sobre a cidade. Mesmo sem nenhuma faísca de inspiração, João continuava andando, exercendo toda sua liberdade e saúde para continuar, um passo após outro, apesar de o cansaço que já começava a aparecer em suas pernas. Parou para descansar um pouco e comer uns petiscos em um tradicional bar, perto da praia, que era administrado por um casal e sua filha. Vê-los trabalhando juntos, com um sorriso no rosto e o nobre propósito de fazer uma comida de qualidade, que alimentasse as pessoas e também colocasse o mesmo sorriso em seus rostos, fez com que ele também sorrisse e lembrasse de como essa relação dos pais com seus filhos era bonita. A simplicidade e profundidade da cena encantava João.

Depois de tomar um café para recarregar as energias e evitar todas as bancas de jornal que encontrava pelo caminho, o garoto agora também lutava contra uma ansiedade que crescia a cada tique que ouvia do relógio. Metade do dia já era passado, e os relógios indicando as horas pelas ruas, os quais pareciam ter se multiplicado naquele dia, o lembravam disso constantemente.

Pelo caminho, João tirava fotos de tudo que lhe

chamava atenção, prendia seus olhos ou parecia estranho e inusitado de alguma forma, mesmo que não parecesse fazer sentido ou ter qualquer relação com o clima natalino em si. Ele simplesmente caminhava seguindo a sua *intuição* e fazia o possível para deixar o senso artístico livre e sensível para alguma inspiração repentina. Depois de mais algum tempo caminhando após a refeição, o calor escaldante aliado à secura do ar — mais a vontade de ir ao banheiro —, fizeram com que ele avistasse um shopping center a alguns quarteirões de distância como se estivesse vendo uma miragem no deserto. Não pensou duas vezes, simplesmente manteve o foco e dirigiu-se para lá buscando um banheiro para lhe aliviar e para que pudesse desfrutar um pouco do refrigério de um bom ar-condicionado.

Ao chegar ao local, percebeu que a concentração de pessoas por metro quadrado fazia com que o ar gelado não tivesse quase nenhum efeito sobre eles; mas havia sombra, o que já ajudava muito. Uma famosa canção natalina tinha acabado de terminar; *Então é Natal* parecia ter esperado que ele pisasse no recinto para começar a ser tocada nas caixas de som do shopping. A expressão em seu rosto, que não estava das melhores com a mistura do cansaço, calor, sede e bexiga a ponto de explodir, ficou *um pouco* mais carrancuda. Duas crianças, que estavam correndo pelos corredores pararam em frente a ele, arregalaram os olhos, e um dos anjinhos, apontando o dedo indicador na direção de sua face, gritou com uma voz estridente e com muita força para que todos ao redor pudessem ouvir:

— *AAHHHhh!* O *Grinch*[14] tá aqui!!! — e riram em uníssono ainda mais alto!

João fez uma careta e pose para eles, ameaçando

atacá-los, fazendo com que os dois pestinhas saíssem correndo para longe, enquanto gritavam e riam como se não houvesse amanhã. Ele correu para o banheiro e conseguiu, finalmente, diminuir um pouco a tensão física e psicológica do estresse que começava a deixá-lo zonzo. Andando pelo shopping, encontrou uma loja que vendia artigos natalinos e resolveu entrar. Passando pela porta de entrada, sentiu-se como se estivesse dentro de um filme de Natal ou na própria Lapônia. Centenas de peças decorativas, tipos de árvores, luzes e personagens cobriam todas as prateleiras e cada canto da loja, que também estava lotada de pessoas procurando aquele último presente ou enfeite especial para completarem a sua decoração, antes da ceia e noite de Natal. Havia um pouco de tudo, mas não o que ele procurava.

Antes de sair do shopping, resolveu dar uma rápida volta pelo local. Ele já andava depressa normalmente, mas, ao avistar as costas da grande cadeira vermelha, localizada no centro do piso térreo, apertou ainda mais o passo para contorná-la e ver quem estava sentado ali. Ao chegar a uma curta distância, parando na diagonal da cadeira, um senhor vestido de Papai Noel notou sua presença e olhou diretamente para dentro dos olhos do garoto apaixonado e sonhador. Por mais carismático e fiel à imagem tradicional do Bom Velhinho que aquele senhor vestido de Noel fosse, João sabia: a roupa era o que menos importava para aquele personagem.

O gentil Papai Noel do shopping abriu um sorriso e esticou um dos braços convidando-o a se aproximar. João esforçou-se para retribuir a gentileza com a mesma doçura e intensidade, mas só conseguiu esticar um pouco a junção esquerda dos lábios num gesto singelo de agradecimento pelo espírito natalino daquele senhor, o que o ajudou a aliviar um pouco sua tristeza naquele momento. Virou seu rosto e se foi.

✱ ✱ ✱

João estava desolado. Havia decepcionado o seu mais novo amigo e passado boa parte do último dia que tinha para terminar a matéria caminhando sem rumo pelas ruas. Quando finalmente voltou para casa, no fim da tarde, deixou os pertences aos pés da mesa de jantar e desabou no sofá da sala, rapidamente envolto por uma forte sensação de melancolia e sonolência. Naquele momento, ele considerava dizer à sua família que não iria participar da ceia de Natal naquele ano e, de certa forma, já reconhecia e aceitava mais um fracasso na semana. Um fracasso, talvez, até mesmo maior do que o que havia sofrido no sábado anterior... Ao mesmo tempo, tudo isso o fazia pensar em uma das primeiras frases que Robert havia falado para ele: *"O seu maior fracasso pode se tonar o maior..."*

— *Nossa!* Falaram que esse musical é muito lindo! Estão até anunciando na TV e no *YouTube*... Pena que o ingresso tá meio caro... — interrompeu a mãe de João, sentada à mesa, ao passo que conferia as informações de um panfleto que havia sido retirado de sua mochila. — Você viu isso, filho?

João ergueu parte do tronco e, forçando as pálpebras para controlar o contato dos olhos com a luz e ajustar o foco, olhou para as mãos de sua mãe para conferir o que ela estava falando. Ela segurava um panfleto que, com uma arte natalina bem característica, decorando um grande templo, convidava a população para assistir a um musical de Natal, participar de uma farta ceia e desfrutar de um momento de celebração em conjunto.

— Não, não tinha visto... — João massageou os olhos buscando restabelecer totalmente o foco de sua visão. — Onde você achou isso?

— Tava dentro da redinha, na lateral da sua mochila, quase caindo pra fora. Alguém deve ter colocado ali e você não percebeu — concluiu a mãe, entregando-lhe o panfleto.

João examinou-o, cuidadosamente, tentando lembrar-se de onde, quando ou quem poderia ter lhe entregado aquele pequeno panfleto durante sua caminhada pelas ruas. Repentinamente e sem uma explicação racional, sentiu um arrepio que percorreu todo o seu corpo, gerando certo calafrio. De alguma forma e por alguma razão, algo ou alguém falava com ele; João sentia e sabia: *deveria ir até lá!* Talvez fosse a sua *intuição*, a própria voz de Deus ou algum outro tipo de intervenção sobrenatural em sua vida; a única opção que ele havia descartado por completo, depois de tudo que viu e viveu naquela semana, era a tal da *coincidência*.

Ele conhecia aquela igreja, já havia estado lá, há muito tempo. Nunca frequentou nem participou efetivamente de quaisquer grupos ou classes, mas gostava da arquitetura e da palavra trazida por alguns pastores do local. Nos últimos anos, várias reformas (somente na arquitetura e decoração, *infelizmente*) haviam sido feitas no templo que, naquele momento, parecia ser o resultado da combinação de um castelo com um shopping center. Antes de seguir com seu plano, entretanto, fechou os olhos e fez uma breve oração, entregando novamente seus passos ao Senhor. Sua mãe olhou desconfiada para ele, achando que estivesse meditando ou dormindo, sentado no sofá, mas resolveu não interferir.

— Mãe, vou ter que dar uma saída de novo e não sei direito que horas vou conseguir voltar — disse ele, ao abrir os olhos.

— Como assim, João?! A gente vai sair pra casa da sua vó, daqui a pouco...

— Eu sei, mas eu me lembrei de um negócio aqui... Acho que vou ter que dar uma passada nessa igreja e fazer uma cobertura do evento. — Lá no fundo, ele tinha grande expectativa, e fé um pouco maior do que um grão de mostarda, de que uma história poderia surgir dali e, aos *47 do segundo tempo*, a matéria ganhasse sua merecida conclusão: fosse filmada e finalmente enviada para o seu contato da emissora. Apesar da ansiedade e pressão pelo tempo de que dispunha, procurava manter-se tranquilo. O pessoal de lá não havia lhe passado nenhum horário exato ou limite para o envio do material e, trazendo à memória o que podia lhe dar esperança, ele lembrava-se de que já havia preparado trabalhos para apresentações na faculdade em menos tempo.

— Mas você acabou de achar esse panfleto falando do evento — continuou sua mãe, tentando entender a situação. — Por que precisa ir lá cobrir agora, assim de repente?

— Porque eu acho que talvez tenha algo de legal lá pra matéria...

— Pra matéria? Aquela que você tava fazendo com o Renato e o Robert? Achei que já tivesse terminado e enviado pro pessoal da TV.

— Ah, então... ainda não. Falta pouco... *tempo!* — As últimas palavras saíram bem baixinho de sua boca. Ele não queria dar muitos detalhes sobre o ocorrido, muito menos derramar toda a verdade, dizendo que ele e Robert haviam discutido e a matéria estava sem um final. — Só tá faltando um último *detalhezinho* pra história... mas, tá tranquilo! — concluiu sem piscar e tentando congelar todas as suas expressões faciais para não transparecer o desespero contido nas entrelinhas.

— Entendi. — A expressão facial de sua mãe era uma miscelânea de aceitação com pitadas de suspeita e curiosidade. — Bom, vai depressa pra ganhar tempo, então. Qualquer coisa, manda mensagem. Cê sabe onde encontrar a gente.

— Sim, senhora! — disse ele, dando um beijo no topo da cabeça da mãe.

Ela estava estranhando um pouco aquela súbita empolgação e repentina mudança de planos, mas conhecia a peça melhor do que ninguém.

João conferiu se estava tudo certo com sua câmera, preparou a mochila, e saiu, dessa vez, com sua bicicleta pelas ruas da Cidade Maravilhosa que já começava a escurecer. O Sol despedia-se ansioso para testemunhar, em sua volta, a alegria de milhões e milhões de pessoas ao redor do mundo todo, ao serem agraciadas com a visita e os presentes do Noel. Por todos os lugares, becos, ruas, avenidas, mais e mais pessoas começavam a sair para se reunirem com seus familiares e amigos para as celebrações daquele dia tão especial. No momento em que pedalava, João sentia o vento bater em seu rosto e, pela primeira vez na vida, confrontava a possibilidade de que, talvez, teria que passar a celebração longe de sua família; dependendo do andar da carruagem, na igreja, parte dele até já refletia sobre os prós e contras de passar aquele Natal em branco, sozinho e distante; ou melhor, somente ele e Deus.

✽ ✽ ✽

Ainda faltando alguns minutos para chegar ao seu destino, a solidão começou a bater mais forte em seu peito; a cada casal que ele via nas calçadas, a cada demonstração de afeto de pais para com seus filhos, netos com os seus avós, ou de um simples estranho qualquer que, quebrando a barreira invisível da vergonha e do receio, realizava um gesto público de amor e compaixão pelas ruas da cidade.

As ruas estavam cada vez mais vazias, e a iluminação precária da vizinhança na qual ele se encontrava travava uma batalha contra a escuridão. Mais algumas quadras pedalando e ele finalmente chegou ao quarteirão da igreja que estava estampada no panfleto encontrado por sua mãe. O estacionamento do local parecia lotado, e algumas pessoas chegavam por carros de aplicativo. João desceu da bicicleta e, empurrando-a, passou por alguns carros muito bonitos parados na rua, tomou cuidado para não pisar em uns pedaços de papelão pela calçada, até que, perto do portão de entrada, parou para olhar, admirado, a impressionante arquitetura do lugar.

Era um prédio suntuoso, cercado por uma imponente grade e árvores plantadas ao seu redor, cheio de pompa e detalhes que reluziam como ouro; tinha um grande heliponto em sua cobertura, uma longa faixa com uma mensagem natalina na parede, e também era o ponto de encontro de um agrupamento de pessoas bem vestidas, reunidas em um dos jardins em frente à porta principal do templo — dentro das grades. Olhando com mais atenção para a organização do evento e as pessoas que ali se encontravam, pôde perceber que, enquanto algumas já entravam para pegar os melhores lugares para o espetáculo, outras ainda permaneciam fazendo *um social*, ao passo que desfrutavam da recepção no jardim e dos últimos momentos antes do começo das celebrações natalinas descritas no panfleto.

Mesmo do lado de fora da grade que protegia o templo, era possível ouvir o barulho dos testes de som e risadas das pessoas ecoando ao redor da construção por todo o quarteirão — além do aroma delicioso da comida que estava sendo preparada para a ceia e que também passeava por ali. Embora fosse de uma denominação diferente da igreja que sua família costumava frequentar, esse templo específico tinha um canal bem conhecido no *YouTube* e *Instagram*, além de alguns pregadores e músicos famosos, o que fazia com que sua fama chegasse a todos os cantos do país. João deu mais uma olhada ao redor e decidiu continuar sua *investigação* do lado de dentro. Ao tentar entrar pelo portão principal, que dava acesso ao jardim, foi barrado por um homem de terno com um crachá da igreja e a seguinte pergunta:

— Boa noite, meu jovem. Você é membro aqui da igreja?

— Oi, boa noite. Não, não sou.

— Tem ingresso para a apresentação ou o nome na lista?

— Ingresso? — indagou, um pouco perplexo. — Não... não tenho.

— Entendi. Bom, me desculpe, mas acho que não temos mais ingressos disponíveis para o evento de hoje, eu sinto muito. Se você quiser assistir ao musical, acho que vai passar ao vivo, e depois, ficará disponível no nosso canal. — O homem tentou demonstrar expressão de empatia, a qual ficou mais parecida com piedade, e trouxe novamente ao semblante a seriedade e elegância que seu cargo exigia.

— Eu... agradeço — respondeu João, olhando para aquele homem, sem saber direito o que pensar. E quanto mais pensava, menos sentido aquilo tudo fazia para ele. Já estava preparando-se para ir embora, mas não aguentou e fez uma última pergunta: — O seu nome deve estar na lista e você deve ser membro, e usa esse terno legal e tal, mas o pastor aí dentro, que tá fazendo o show, sabe o seu nome? (um breve silêncio pairou no ar entre eles) Não, não sabe, né? Mas, tipo assim, pelo menos vocês já conversaram um pouco e ele conhece a sua família, né? (*silêncio*) É, eu achei que não... Bom, obrigado, aproveitem a festa aí por mim — e girou o corpo para ir embora.

Quando estava voltando pelo mesmo caminho por onde tinha chegado, uma mulher sentada na calçada, com alguns pedaços do que um dia fora uma caixa de papelão forrando o chão, chamou sua atenção. Ela estava com uma criança dormindo em seu colo e suas costas apoiadas no tronco de uma pequena árvore perto do portão principal. Havia uma Bíblia deitada no chão ao lado de suas pernas e uma mochila que, pelo formato um pouco amassada, não aparentava ter muitas coisas dentro. Ao achegar-se mais perto do papelão, a mulher, que aparentemente havia testemunhado toda a cena, lhe disse com uma voz calma e suave:

— Muitas vezes não nos deixam entrar, mas nem sempre nós precisamos passar por uma porta para conhecer os templos de Deus. Não se preocupe, garoto, não é nessa lista que você precisar ter o seu nome escrito.

João mal conseguia se mover. Havia sido pego de surpresa, não esperava ouvir aquilo, vindo de uma pessoa naquela situação, mas aquelas palavras haviam tocado o seu coração e ele queria ouvir mais, saber mais, conhecer melhor aquela mulher. Lentamente, aproximou-se um pouco mais dela e abaixou-se colocando o joelho esquerdo no chão.

— Prazer, meu nome é João... Qual é o seu nome?

— Oi, eu sou Eva. É um prazer!

— Uau, que nome bonito! Você tá esperando alguém sair e trazer algo pra vocês comerem? Posso te ajudar com alguma coisa?

— Não, não, já estamos bem alimentados por hoje. Mas, agradeço a preocupação!

— Por nada. Mas, tem alguma coisa que eu possa fazer por vocês? Acho que ainda tenho um pouco de água e um pacote de bolacha que as crianças gostam. Pode ficar como sobremesa, quando seu filho acordar.

— Fico muito agradecida, João. Ele vai amar!

João entregou o pacote, ainda fechado, para Eva, e desejou um "Feliz Natal". Espontaneamente, e meio que sem entender, inclinou o corpo à frente e lhe deu um abraço de despedida. Quando levantou-se para ir embora, não conseguiu tirar seus olhos do olhar gentil, mas intenso da mulher que lhe disse:

— Não procure dentro das construções o que está para ser encontrado aqui fora. Você é enchido ali para *transbordar* por aqui — e fez um sinal com o dedo para as ruas da cidade.

— Eu sempre acreditei nisso... mesmo que nunca tenha, de fato, praticado.

— Talvez você já esteja quase cheio. Uma só gota e você transbordará! — ela abriu um leve sorriso e completou: — Ainda não é tarde, garoto; Deus nunca está adiantado, e Ele nunca se atrasa. Quando você dá tudo o que tem, Ele pode te recompensar com *infinitamente* mais do que tudo o que você pediu ou pensou.

João sentia uma simplicidade divina naquelas palavras. Sendo sincero consigo mesmo e seus sentimentos, ainda estava um pouco abatido, depois dos últimos acontecimentos, mas, ao mesmo tempo, sentia uma nova energia e esperança que ardiam em seu interior.

— Transbordar... isso seria legal. Com certeza, bem mais interessante do que a vida que tenho vivido.

— Garoto, melhor é dar do que receber. Quer se sentir realmente cheio hoje? Comece a pensar no *próximo* primeiro, procure fazer algo de *especial* por alguém e irá entender o que estou dizendo.

— Sim, eu acredito e quero entender, quero *viver* isso! Eu só não consigo... *ver*... *sentir!* Não sei pra onde ir, ou o que fazer! Era tão mais fácil no passado, quando a sarça ardia em chamas, ou quando Deus simplesmente guiava os magos com uma...

Antes de terminar a frase, João foi interrompido pelos delicados olhos de Eva, mudando a direção de seu doce olhar para cima, fazendo com que o rapaz também fizesse o mesmo e visse uma estrela voando bem longe no céu, bem acima deles e aparentemente a alguns quilômetros de distância. Ela brilhava mais do que qualquer outra estrela já vista e movia-se para cima e para baixo, de vez em quando para os lados, como se estivesse brincando no céu, com uma constância e energia que desafiavam a credulidade do garoto. Ele ajustou um pouco o corpo, forçou seus olhos e, examinando os movimentos com os dois pés no chão e um pouco mais de atenção, não foi difícil de entender: tratava-se de uma *pipa*.

— *Uau...* — foi tudo que João conseguiu dizer, e continuou boquiaberto por mais alguns segundos, sem conseguir dizer mais nada.

— É uma linda estrela! — disse Eva.

— Assim como aconteceu com os três magos... Isso é simplesmente *incrível!*

— É, sim! Mas, onde você leu que eram *três* magos? — perguntou a mulher num tom irônico, deixando João pensativo.

— A líder da minha célula disse que os três reis magos viram a estrela e a seguiram, eu pensei que... — João parou para refletir por um segundo. — Bom, eu não me lembro de ter conferido na Bíblia também...

— *Mateus 2* — completou Eva, com um sorriso delicado no rosto.

Sem tempo de pensar muito sobre o que estava acontecendo, ele começou a sentir algo de diferente e o seu coração principiou a bater mais rápido. Um carro havia virado a esquina, entrando na rua em que ele estava e começou a vir em sua direção, diminuindo a velocidade, à medida que chegava cada vez mais perto. João ouvia a música que estava tocando dentro do carro cada vez mais alta. De repente, era tarde demais! O carro parou bem perto da calçada onde eles estavam, abaixou o vidro e...

— *JOHN?!!!* — gritou o motorista, visivelmente agitado e impaciente.

— Oi?! — respondeu ele no susto, tentando entender o que estava acontecendo.

— João, caramba, sou eu! Acorda, cara! Eu te procurei por toda parte!

— *Renato?* O que cê tá fazendo aqui?

— Entra logo no carro que a gente vai conversando... — disse o amigo, já abrindo a porta.

João olhou para Eva que, com um sorriso radiante no rosto, piscou um dos olhos, enquanto acenava, despedindo-se dele. Ele retribuiu o sorriso e, antes de partir, presenteou a doce senhora com a sua bicicleta.

Abraçou-a novamente e entrou no carro.

— Como cê me achou aqui?

— Eu te mandei várias mensagens, mas *nada* de resposta. Liguei pra sua mãe e ela me disse que você tinha vindo pra cá terminar alguma coisa pra matéria... e você nem pra me avisar!!!

— Caramba... desculpa, nem olhei direito o celular, vim correndo, quando vi o panfleto...

— Que panfleto?

— Ah, um panfleto falando desse evento e tal. Só peguei a bicicleta e vim correndo pra cá.

— Sim, eu tô vendo! Mas e aí, conseguiu alguma coisa?

— Um portão na cara, mas... acho que tenho algo pra gente seguir...

— Como assim? Tipo, uma pista, algo pra matéria? Quente?

— Eu te explico no caminho! Tá vendo aquela *estrela*? — João apontava para a pipa e guiava o olhar do amigo, até que ele a encontrou no céu. — É só segui-la que a gente vai descobrir... Mas, vai *logo*, antes que a pipa desça!!

Renato hesitou por um segundo, mas, sem precisar ouvir mais uma só palavra, acreditou no que o olhar esperançoso de seu amigo lhe dizia e, ligando o carro, pisou fundo no acelerador para dar início à jornada, em busca da pipa que voava solitária na noite carioca. Quando já estavam a alguns metros da igreja, Renato perguntou para quem João estava sorrindo, antes de entrar no carro. João abriu um leve sorriso e, assim que ia começar a responder, parou, arregalou um poucos os olhos, enquanto sentia novamente um arrepio percorrendo o seu corpo, e permaneceu alguns segundos em silêncio refletindo sobre o que tinha acabado de acontecer.

* * *

Mesmo sem ter noção alguma do que estava acontecendo ou para onde estavam indo, João sentia-se mais aliviado e tranquilo por ter o seu melhor amigo ao seu lado. Os dois seguiam por ruas desconhecidas para eles, ao passo que adentravam no cerne da cidade, mas o espírito aventureiro dos dois, aliado à adrenalina da situação, era mais do que suficiente para deixá-los focados na missão que tinham naquela noite.

Era assustadoramente interessante passear por lugares desconhecidos de uma cidade tão famosa e conhecida por eles, em um momento tão único e especial. Pelo caminho, passavam por diferentes igrejas, cada qual com sua denominação, arquitetura e estilo próprio; umas maiores, outras menores, algumas ainda abertas e com uma programação especial para o Natal. Eram musicais, eventos, jantares e diferentes atividades para que os membros pudessem desfrutar daquela data tão especial, juntos de seus familiares e amigos, dentro dos templos. Simultaneamente, os amigos assustavam-se com o número de famílias e pessoas, andando sem direção, pelas ruas escuras e vazias. Mães com seus filhos no colo, à procura de um local seguro para se esconder dos perigos da noite; pais de família em busca de algum pedaço perdido de pão para dar aos seus filhos; todos os tipos de seres humanos, semelhantes a nós, abandonados e perdidos, pela noite, sem saber para onde ir. De vez em quando, um grupo de pessoas era visto levando alimentos, um pouco de música e um abraço, para aqueles que não sabiam mais o que esperar daquela noite e da própria vida.

João e Renato observavam a realidade das ruas, sem expressar um som que fosse, não ousavam tentar entender ou descrever o que estavam vendo, apenas sentiam e refletiam sobre tudo o que estava acontecendo em suas vidas, durante os últimos dias. Era impressionante a experiência de estar longe de casa, no momento em que quase todas as pessoas procuravam um lar para descansar e uma família para abraçar. Era mais impactante ainda perceber que, com os novos rumos que o cristianismo vinha tomando, a forma como as igrejas organizavam-se, e um significativo esfriamento das emoções em geral dentro das pessoas, o verdadeiro espírito e significado do Natal ia se distanciando cada vez mais e mais.

Quase todos os templos da cidade tinham algum tipo de comemoração, alguma celebração que fosse para festejar esse feriado tão querido de todos. Do lado de fora, milhares de pessoas famintas — não somente pelo *pão físico* — andavam pelas ruas à procura de algo que satisfizesse seus estômagos e mantivesse-os aquecidos e vivos por mais uma noite. Em muitos casos, essa situação precária não os permitia nem mesmo adentrar os templos. Era difícil acreditar que uma família pobre e com fome poderia ser bem-recebida e encontrasse refúgio em um desses lugares naquela noite.

Todo esse choque de realidade fez com que os dois amigos conjecturassem acerca da mesma indagação que começava a consumi-los por dentro: *caso o Natal acontecesse de novo, hoje, se Jesus nascesse de repente, em uma noite de celebração como essa que estamos vivendo, será que boa parte da auto-proclamada "Igreja de Cristo" teria olhos para enxergá-lo? Será que estariam prontos para acolhê-lo?*. Eles já não conseguiam encontrar a resposta para tais indagações. Continuavam sua viagem interna por tortuosos pensamentos e sentimentos, ao passo que o carro continuava a cortar as ruas iluminadas pelos postes e luzinhas de Natal pelas casas.

Em meio a tantos questionamentos e descobertas, uma pipa continuava a voar pelo céu e parecia estar cada vez mais perto. Seguindo com os olhos fixos na *estrela*, o trajeto começava a parecer mais e mais estranho para os dois, ao passo que tomavam caminhos nunca antes trilhados. E isso faria toda a diferença naquela quente noite de dezembro. As casas e suas decorações eram cada vez mais simples, as ruas, mais escuras e cada vez menos e menos pessoas eram vistas pelas calçadas.

Os dois amigos subiam por caminhos cada vez mais altos, e, conforme eles subiam, mais a paisagem e percepção da cidade mudavam. À medida que a altura fazia com que toda a cidade parecesse cada vez mais indescritivelmente bela, com morros deslumbrantes e águas passeando pelo seu interior, como se tudo aquilo fosse uma linda pintura sem moldura, completamente livre e viva ao redor deles, ao olharem para mais perto do carro, logo após o vidro das janelas, a vida real contrastava com a beleza da paisagem como um acidente em alta velocidade que chocava e rasgava qualquer tentativa de se esconder a realidade. Os dois não trocaram uma palavra sequer por alguns minutos, apenas testemunhavam a paisagem ao redor e os efeitos que a pobreza e falta de oportunidades poderiam causar na vida dos nossos semelhantes.

Mesmo sem a certeza do destino, a emoção da aventura e a curiosidade do desconhecido os fez continuar, contrariando a lógica e a razão que tentavam persuadi-los a voltar. No instante em que se deram conta, já estavam completamente perdidos e, aparentemente, dentro de uma favela que nunca tinham sequer visitado. Renato pisava fundo no acelerador, mesmo sem conhecer as ruas estreitas daquele lugar. Sentiam-se como que em meio a um labirinto, o GPS do carro não reconhecia algumas das ruas pelas quais passavam, e o conjunto da situação começava a deixá-los mais e mais nervosos. Mesmo com o ar-condicionado ligado, ambos suavam um suor gelado e estavam com os batimentos cardíacos um pouco mais acelerados, a cada esquina.

* * *

A estrela no céu parecia cada vez maior, cada vez mais perto, até que, virando a esquina de uma ruazinha pouco iluminada, finalmente avistaram um homem empinando a pipa, no meio do quarteirão. Renato diminuiu um pouco a velocidade, para que pudessem analisar um pouco o cenário com calma, antes de se aproximarem. Algumas crianças corriam pela rua, enquanto outras apoiavam-se no peitoril de suas janelas observando a pipa voando pelo ar.

O único carro da rua naquele momento chegava mais perto, e um pouco mais perto, até que João, cada vez mais agitado e agora com uma expressão de alegria e o brilho da estrela reluzindo em seus olhos, pediu para o amigo parar o carro a alguns metros de distância do homem da pipa. O aspirante a jornalista ainda esfregou seus olhos para conferir mais uma vez, antes de concluir para si mesmo: *é o cara da barraquinha do globo de neve!*

Renato ainda estava estacionando, quando João abriu a

porta e, quase pulando para fora do carro, rapidamente dirigiu-se até o simpático homem, que, agora, já começava a enrolar a linha vagarosamente para trazer a pipa de volta.

— Oi... *Pernilongo*, né?! Tudo bem? Ahh, acho que você não vai se lembrar de mim... Eu comprei um globo de neve alguns dias atrás, você até me deu um vidrinho pra guardar cartas como brinde...

— Ohhhh, João! Boa noite, cara! Sim... eu mesmo. *Pernil* para os íntimos! — e abriu um sorriso radiante. — Eu sabia que a gente ia se trombar de novo... Tudo tranquilo por aqui, e contigo?

— Ah, tudo tranquilo também... *eu acho!* — e deu uma risada nervosa, sem saber direito como reagir, diante de toda aquela situação. Aproveitou para apresentar o Renato (que esperava alguns passos atrás, com a mochila do amigo em mãos) ao comerciante; os dois se cumprimentaram e ele continuou: — Só por curiosidade, você não teria nenhum outro globo de neve igual àquele que eu comprei, né? Eu procurei aquele modelo por toda parte, mas nunca achei nada parecido...

— Ihhh, rapaz, não vou ter, não. Você comprou o último daquele modelo. Acho que agora só pro ano que vem mesmo...

— Ahh, de boa, nem esquenta! — respondeu João, olhando para a pipa que ainda voava alta no céu. — Você costuma empinar pipa sempre por aqui?

— Nem sempre, mas hoje é um dia especial. E as crianças gostaram dessa... Empinar pipa me ajuda a refletir sobre o meu propósito, olhar para o alto, lembrar de como servir o próximo e usar os dons que Deus me deu. Ela fica muito bonita dentro de casa, não corre perigo de ser atingida por um pássaro, rasgar, e pode até decorar algum cômodo, mas só brilha de verdade quando está alta no céu, em movimento, perto do Pai, trazendo luz para todos que quiserem vê-la. Olhar pra ela lá em cima, voando alto, me ajuda a treinar o foco, fortalecer a fé... manter a *visão*.

Um curto silêncio pairou no ar entre os dois, no instante em que seus olhares encontraram-se. O comerciante tinha certo brilho nos olhos que parecia nunca deixá-lo. Depois de alguns segundos, Pernilongo quebrou o silêncio, com a voz animada de sempre:

— Você acredita em *acaso*, João?

— Depois dessa semana, sinceramente... acho que não — e abriu um sorriso meio tímido, meio esperançoso.

— Que bom, já é um bom começo!

— O que você quer dizer?

— Muitas pessoas passam a vida inteira esperando por um milagre, esperando viver algo sobrenatural, quando, na verdade, muitas vezes o milagre pode ser *você!*

Mais um breve momento de silêncio no qual João, com a respiração um pouco ofegante, podia sentir o seu coração pulsar mais forte dentro do peito. Antes que a conexão dos olhares fosse desfeita, Ricardo completou:

— Você parece muito ansioso e preocupado, João. Respire fundo, descanse em Deus e tudo vai acontecer na hora certa. Simplesmente, *descanse em Deus*.

João não disse nada, apenas assentiu com a cabeça e continuou olhando para aquele simpático homem, deixando que a mensagem fosse absorvida em seu interior. Havia *sabedoria* em suas palavras que, na maior expressão de humildade divina, ensinavam na beleza da verdade com a riqueza da simplicidade.

Pernilongo segurou a pipa que havia finalmente chegado em suas mãos e ficou frente a frente com o jovem mais uma vez.

— A gente se vê por aí, garoto! — disse, enquanto abria seu característico sorriso e mudava a direção de seu olhar para algo ou alguém que estava atrás de João.

Quando João virou a cabeça para conferir o que tinha roubado a atenção de seu interlocutor, viu uma garotinha saindo de uma casa e andando na direção deles, com um copo vazio em suas mãozinhas delicadas. Ela tinha cabelo bem loirinho e cacheado nas pontas, trajava um vestido que parecia ter sido rosa algum dia, agora já bem desbotado. Estava descalça, e seus dedinhos da mão direita pareciam cobertos por diferentes cores. João estava hipnotizado, não conseguia dizer uma só palavra, nem esboçar uma reação que fosse. Ele simplesmente observava aquela pequena criatura andando com o copo em mãos, até que ela parou e esticou os bracinhos para cima, na direção do homem da pipa.

— Oi... A vovó *qué* água. Você têm pouquinho de água? — disse, com uma voz suave, olhando para Ricardo.

— Oi, Manu! — respondeu, logo atrás de João. — Me perdoe, querida, as minhas águas já acabaram... — ele olhou para João pela última vez, bem dentro de seus olhos, e voltou o olhar para a pequena criança. De alguma forma e por alguma razão que ainda não conseguia entender, João sentia uma paz indescritível, uma sensação de leveza e aconchego, como se os olhos daquele homem estivessem lhe assegurando de que tudo ficaria bem, mesmo sem que uma palavra tivesse sido pronunciada. Acompanhou o olhar de Ricardo e virou-se novamente para a pequenina que, agora, estava à sua frente.

— Oi... Tudo bem com você? — disse, à medida que abaixava-se para ficar no mesmo nível que ela. — Eu tenho um pouquinho de água... só um minutinho! — e virou-se fazendo um sinal para que Renato pudesse pegar a garrafinha que ele tinha na mochila. Enquanto esperava, continuou a conversa: — Qual é o seu nome mesmo?

— Meu *nomi* é Manu.

— É um lindo nome! Tá tudo bem com vocês, aqui em sua casa, Manu? — perguntou, um tanto quanto preocupado.

— Tá tudo bem, Jesus cuida da *genti*. Mas a vovó tá dodói e com *sedi*, eu vim *pegá* água *pá* ela.

Mais uma vez, João estava completamente sem reação. Renato voltou com a garrafinha de água, uma barra de chocolate e um remédio para dor que achou no carro. Entregou o chocolate e o remédio para o amigo, então despejou a água até quase encher por completo o copinho da menina. Ela agradeceu e virou-se, voltando para dentro da casa. Os dois amigos não conseguiram se conter e, num impulso de curiosidade e responsabilidade — e um pouco de alma de jornalista —, a seguiram até a porta da casa que havia sido deixada aberta pela menina.

Chegando em frente à porta, João olhou para trás procurando por Ricardo, mas ele já não estava mais por ali. Sutilmente, ele e Renato espiaram para dentro da humilde casa onde, deitada no sofá de uma pequena sala, estava deitada uma senhora magra e de aparência muito debilitada. A vizinha da casa ao lado, aparentemente um pouco mais nova, estava sentada em uma cadeira de madeira, ao lado do sofá e media a temperatura da senhora. Ela tinha uma folha de papel em seu colo, com um desenho e alguns escritos em volta dos personagens desenhados.

Manu entregou o copo de água para a vizinha e amiga de sua avó, que prontamente o levou até a boca da senhora. A netinha assistia a tudo em silêncio, segurando uma das mãos de sua vovó, ao passo que lhe acariciava os dedos. A casa era um dos locais mais humildes que João e Renato haviam visto em suas vidas. Em meio à toda aquela simplicidade, a pureza do amor da menina para com sua vovó, em conjunto com a solicitude e carinho da vizinha, traziam um senso de família e lar ao local que os garotos não encontravam há tempos, principalmente em parte das luxuosas casas que conheceram nas matérias que fizeram juntos.

Notando a presença dos rapazes à porta e percebendo que haviam abençoado sua neta, entregando-lhe a água, a vó da menina fez um sinal com a mão para que sua amiga os convidasse para entrar. A vizinha olhou para os meninos, os cumprimentou com um aceno de cabeça e apontou para duas cadeiras que estavam em frente a uma mesa de madeira, no canto oposto da sala. O pequeno local servia como sala de recepção, TV e jantar, da pequena casa. A senhora esboçou um sorriso de alegria ao ver que os meninos aceitaram o convite e prontamente esticou o braço, apontando para uma jarra que estava em um dos cantos sobre a mesa. Sua amiga levantou-se e foi até a jarra, colocando-a em frente aos garotos. Havia poucas bolachas dentro da jarra e, mesmo estando um pouco receosos de pegá-las, sentindo uma espécie de culpa por se alimentar da comida de uma família que claramente não tinha muito mais para comer naquela noite, João e Renato agradeceram às mulheres com um aceno de cabeça e dividiram uma bolacha entre si.

Renato aproveitou o novo grau de intimidade que a situação havia criado e, curioso, perguntou à amiga da família de Manu:

— O que é o desenho que você tava segurando?

— Ah, é uma cartinha que a Manu tá fazendo pro Papai Noel. Eu não sei escrever muito bem, mas tô ajudando, dentro do possível... — ela inclinou-se para perto da Manu para ver o progresso do desenho nas mãos da pequena, enquanto respondia. — Manuzinha disse que já orou pra Jesus, mas que acredita que Deus pode usar o Papai Noel pra responder a sua oração. Falei pra ela que não vai dar tempo de colocar no correio, mas a gente pode deixar aqui na mesa, pertinho da janela, pro Papai Noel achar mais fácil, quando vier essa noite.

— É uma ótima ideia... Tenho certeza de que ele vai ficar muito feliz, na hora em que ler uma cartinha tão bonita como essa — respondeu João, já um pouco emocionado ao ver os olhinhos da pequena Manu brilhando, no instante em que dava os últimos retoques nos personagens de seu desenho.

Havia um silêncio dentro da casa, que soava mágico e trazia consigo uma grande paz, de tão tranquilo e suave... doce e leve que ele era. Os dois meninos estavam encantados com a cena que, como uma pintura em movimento, era exibida em frente de seus olhos. Aquele simples momento, em toda a sua simplicidade, pureza e verdade, era uma das situações mais bonitas que ambos haviam testemunhado em suas vidas.

Renato não se conteve, vivenciar aquilo apenas com os seus sentidos não era o bastante, pois tal cena era linda demais para não ser compartilhada; de alguma forma e por algum meio, aquela história precisava ser contada. Ele pegou a mochila do amigo e puxou a bolsa da câmera de dentro dela, já preparando-se para filmar, fazer inúmeras fotos e até uma possível entrevista com aquelas personagens tão simples, mas, ao mesmo tempo, tão interessantes. Era o tipo de simplicidade que não era visto nos shoppings, nas matérias jornalísticas sobre o Natal e nem nas *super-igrejas*, durante as comemorações natalinas, em seus luxuosos templos. Finalmente, ele e João teriam uma matéria diferente, única, algo que realmente poderia causar impacto e mudar completamente o tom e a história do projeto jornalístico deles. E o modo como tudo aquilo estava acontecendo era quase sobrenatural, espiritual, fantástico... *natalino!*

Tudo estava encaixando-se de uma forma tão verdadeira e perfeita que era quase difícil de se acreditar que era real. Tudo tão extraordinário e especial, que Renato não teria voltado à realidade tão cedo, se não fosse a mão de João gentilmente bloqueando a abertura da bolsa e assim impedindo-o de pegá-la para começar as gravações. Não entendendo nada, o fotógrafo olhou para o seu amigo que, com os olhos já um pouco úmidos, simplesmente retribuiu-lhe o olhar e fez um sinal com a cabeça dizendo que estava tudo bem. Os dois amigos conversaram por alguns segundos sem que uma única palavra fosse necessária. Depois de anos e mais anos de amizade, de vez em quando essa sintonia era alcançada em um nível que poucos amigos são capazes de sentir ao longo de suas vidas.

Renato fechou novamente o zíper da bolsa, guardou-a na mochila, e entendeu por completo o que João estava querendo dizer. Não importava mais a matéria ou entrevistas que poderiam fazer ali, o número de likes e compartilhamentos que aquela postagem poderia conseguir; qualquer intervenção à naturalidade da situação ou o menor aproveitamento das circunstâncias daquelas mulheres iria soar falso e arruinar um momento único e divino. Tudo aquilo era como um castelo de cartas ou uma bolha de sabão voando por um parque que, no seu próprio ritmo e natureza, ia contando a sua história enquanto refletia várias cores e emoções.

Os dois garotos simplesmente estavam, de corpo e alma, *presentes*, vivendo, por alguns minutos, junto daquelas mulheres, uma realidade tão diferente da qual estavam acostumados. O silêncio só foi interrompido, quando a doce Manu deu os últimos retoques no desenho e proclamou:

— *Terminei!*

— Uau!! Parabéns, meu amor... Deixa eu dar uma olhada pra ver como ficou! — disse a amiga da família.

Pelo grau de intimidade e todo o amor envolvido entre elas, os meninos perceberam que a vizinha devia estar ajudando a avó há um bom tempo, além de, também, cuidar da casa e da própria Manu. As mãos da mulher tremiam de emoção ao ver a arte presente na cartinha, finalmente concluída. Ela levou a folha até bem perto do rosto da avó da menina e a senhora abriu um longo e brilhante sorriso, capaz de iluminar até a noite mais escura. Manu estava deitada na beirada do sofá e abraçava sua vovó com toda a extensão de seus bracinhos. A vizinha inclinou-se um pouco mais para frente e as três se encontraram em um abraço que simbolizava a mais pura essência do espírito do Natal.

— Tia, e se o Papai Noel não conseguir *entlá* aqui? Não tem *laleila* aqui em casa...

— Não, meu amor, não se preocupe, ele sempre dá um jeito de entrar em todas as casas e ler todas as cartinhas — disse a vizinha, procurando acalmá-la.

— Se a *genti colocá* a cartinha no correio, ele pode receber e ler mais rápido?

— Agora não tem como, querida, o correio já tá fechado... Mas, fique tranquila, ele vai achar a sua cartinha e trazer o presente na hora certa!

Manu fez uma expressão de concordância e aceitação,

embora a inquietação de seu corpo mostrasse um certo nervosismo e dúvida, quanto ao sucesso de seu plano. Ela nunca havia ganhado presentes caros ou alguma das bonecas que via passando na televisão, de vez em quando, mas, naquele ano, ela realmente esperava receber o que estava pedindo.

— Pois, hoje é o seu dia de sorte, dona Manu! — proclamou João, em voz alta, enquanto levantava-se da cadeira.

Renato olhou surpreso para o amigo, sem saber ao certo o que ele estava fazendo. As meninas fixaram seus olhares em João e, com toda a atenção do mundo, aguardavam pela continuidade do que o garoto tinha para dizer. Sem mais delongas, ele prosseguiu:

— O segredo não contado até aqui é que eu e meu fiel escudeiro Renato Leal somos membros do *Esquadrão Real dos Carteiros de Natal!* Após muito tempo, procurando pela carta mais linda de Natal deste ano, encontramos você e sua obra de arte em formato de carta. Se for de sua vontade, teremos o maior prazer em levar a sua cartinha diretamente para o Senhor Noel, agora mesmo!

— *OOOBA!* — exclamou Manu, num grito de alegria que ecoava por todas as partes da casa e, até mesmo, saía pelas janelas para ser ouvido por quem estivesse passando perto da casa, naquele momento. — O Papai Noel vai ler a minha cartinha, *vovó!* — e deu mais um abraço na senhora, um pouco mais forte e intenso dessa vez.

A menina levou a cartinha cuidadosamente até às mãos de João que, com um dos joelhos no chão, a recebeu com todo o cuidado e reverência que ela merecia. Ele recusou-se a ler o pedido da menina ou mesmo ver o desenho por completo. Rapidamente, dobrou a folha e colocou-a dentro do envelope que estava em um dos compartilhamentos de sua mochila, o mesmo que usara anteriormente para guardar a carta que havia escrito para Maria — a carta que ele havia jogado no mar, juntamente com o Globo de Neve. Renato, agora de pé, mantinha uma postura de soldado real, entrando no personagem e mostrando, mais uma vez, uma sintonia com o amigo, sem questionar o que estava acontecendo, ou as consequências que aquele ato poderia acarretar. João entregou a carta ao amigo, pedindo que ele a protegesse com sua vida e, com os seus olhos no mesmo nível dos olhos da menina, olhava-a com um olhar totalmente transparente.

— Eu prometo que vou levar a sua cartinha até o Papai Noel, ainda hoje, tudo bem? Não precisa mais se preocupar! Você acredita em mim?

— Eu *aquedito*. Eu sei que você vai *levá*...

— Você tem a minha palavra! — João deu uma piscada para ela e ergueu o dedo mindinho direito em sua direção. Manu fez o mesmo e os dois entrelaçaram seus dedos. — Eu juro juradinho! Apenas descanse... *Descanse em Deus.*

— *Obigada!* Você é muito especial *pá* mim!

João e Manu se abraçaram por longos segundos, até que o garoto se colocou de pé e, após olhar mais uma vez para o seu amigo certificando-se de que ele ainda estava a postos e dentro do personagem, continuou:

— Bom, foi um prazer conhecer donzelas tão distintas e especiais, mas nós temos que ir para completar a nossa missão. Como vocês sabem, hoje é um dia muito atarefado e corrido para o Papai Noel.

— Sim, é verdade! — concordou Manu, com uma voz animada e os olhinhos brilhando. — Boa missão *pá* vocês!

João apenas olhou bem fundo nos olhos da avó de Manu e acenou com a cabeça, passando o máximo de segurança possível, dizendo, com o olhar, que ela poderia ficar tranquila, que tudo ficaria bem. Na verdade, ele não sabia o que aconteceria quando saíssem pela porta da casa, mas, naquele momento, não podia titubear nem mostrar qualquer sinal de dúvida ou receio. A amiga da família levantou-se para abrir a porta para os garotos e acompanhá-los até a rua. Chegando ao lado de fora da casa, já a alguns metros da porta, ela disse:

— A vovó dela piorou muito nos últimos dias. Eu tô temendo pelo pior... — fez uma pausa e olhou para trás para conferir se a pequena estava dentro da casa. Voltou o olhar para os meninos e continuou: — A Emanuela ainda não entende direito o que tá acontecendo, mas logo vai entender. Por favor, só cuidado pra não machucar ainda mais a pequena. O pai deixou a mãe quando ficou sabendo da gravidez, e a mãe, que Deus a guarde, morreu no parto da pobrezinha. A menina só tem a vovó nessa vida. Depois da morte da filha, a depressão da velha se agravou; e daí vem a falta de dinheiro, a seca, a idade, e uma coisa leva à outra... Tudo que ela tem é a menina, e vice-versa. As duas já sofreram muito... e não merecem passar por mais sofrimento, é de cortar o coração...

— Pode deixar... Vamos fazer de tudo pra trazer um pouco de alegria e paz para o Natal de vocês. A gente se encontra em breve. Que Deus as abençoe!

Eles se abraçaram e os dois amigos deram um curto pique até o carro, ainda anestesiados pela euforia que os últimos minutos, dentro da casa, trouxeram para eles. Ao entrarem no carro, os dois pararam para respirar, por alguns segundos, enquanto olhavam para frente; seus olhares não focavam em nada específico, e não conseguiram pronunciar uma palavra sequer. Seus corações batiam forte e cada vez mais rápido.

Em meio à toda aquela situação e narrativa criadas, tinham uma só certeza: *a cartinha da Manu precisava de uma resposta naquele Natal!*

❊ ❊ ❊

Renato colocou uma música para distraí-los, pisou no acelerador e os amigos começaram a jornada de volta, descendo pelas ruas tortuosas da comunidade, à qual foram apresentados naquela noite. Uma noite repleta de aventura, que ainda estava longe de acabar!

— Pra onde vamos agora? — perguntou Renato, dirigindo pelo caminho inverso que haviam seguido para subir o morro, mas ainda sem saber direito para qual direção seguir.

— Volte para a igreja... onde a gente se encontrou. Vou mandar umas mensagens enquanto isso!

Os shoppings já estavam fechados e quase todas as pessoas da cidade estavam reunidas com seus familiares ou amigos. João mandou uma mensagem de texto para Robert, mas parecia que nem mesmo o aplicativo de mensagens de seu amigo estava online; o garoto tentou ligar uma, duas, três vezes..., mas *nada* também. Ele começou a relembrar todos os acontecimentos dos últimos dias e sentiu uma profunda tristeza, no instante que as memórias da noite anterior invadiram seus pensamentos. Apenas seis dias haviam se passado, desde o primeiro encontro na enseada. Entretanto, uma única semana havia sido intensa e profunda de modo que, para o sonhador aspirante a jornalista, era como se conhecessem há muitos anos. E, de alguma forma, o rapaz tinha a impressão de que *realmente* se conheciam.

Por alguns minutos, um silêncio repleto de reflexões preencheu todo o interior do veículo. As janelas estavam abertas para que o vento pudesse trazer novos ares para suas mentes e amenizasse um pouco o calor intenso daquela noite de verão. João olhava para fora da janela, com olhar esperançoso, ainda um pouco melancólico, à medida que continuava a relembrar de tudo o que tinha acontecido nos últimos dias e de como uma simples situação, tão pequena e estúpida, havia arruinado tudo. Talvez ele fora bloqueado por Robert; talvez a discussão da noite passada tivesse magoado seu amigo de tal forma que ele havia decidido arrumar suas malas e voltar para sua terra natal; ou talvez o estrago feito, e agora era tarde demais.

Quando chegaram em frente ao portão da igreja, havia uma grande movimentação pela rua, repleta de carros que saíam da garagem, após o musical — muitos optaram por desfrutar da ceia e restante das celebrações em casa. João procurou pela mulher com quem havia conversado antes da chegada de Renato; talvez ela pudesse lhe dar outro conselho, uma mensagem divina, saber do paradeiro do Robert ou ajudá-lo a encontrar outra estrela no céu. Entretanto, ela também não se encontrava mais ali. Renato sugeriu que um deles pudesse colocar a roupa de Papai Noel que ele havia alugado para Robert, entrar no personagem, e, assim, fazer uma visita para a pequena Manu, na manhã seguinte, com sua cartinha respondida e vários presentes para a família. Parecia uma boa ideia — na falta de outras —, mas João sentia que ainda tinha algo no ar por ali, alguma coisa que ainda o atraía naquela igreja. Os dois estavam inquietos dentro do carro, os pés frenéticos como se ali houvesse uma bateria e as mãos batucando em um ritmo completamente diferente do tempo da música que estava tocando...

Quando a confusão de carros e luzes se dispersou um pouco, João olhou novamente para o belo jardim e viu um banner estendido na fachada do templo, um pouco acima da porta principal, pela qual algumas pessoas ainda estavam saindo. Ele havia visto o banner antes, mas naquele momento olhava-o com mais atenção e o lia em voz alta:

**"NESTE NATAL, TENHA UM VERDADEIRO
ENCONTRO COM O SENHOR!"**

— *É isso...* vamos pra casa dele!

— Pra casa de quem? — perguntou Renato.

— Do Robert! A gente tem que ir pra lá...

— João... eu sei que ele é um cara legal, cê foi o guia turístico dele, ou ele foi o seu, passearam e se divertiram bastante nos últimos dias, mas...

— Mas eu preciso entregar essa carta pra dele — interrompeu João. — A gente prometeu que sempre entregaria nossas palavras um ao outro, quando não soubesse o que fazer com elas. Só dirige até a casa dele... *Bora!*

— Cara, depois da discussão de ontem, tem certeza de que ele vai querer saber de qualquer coisa de Natal hoje? Pelo que eu entendi dessa história toda, ele veio pra cá justamente pra escapar disso tudo, de alguma forma...

— Só tem um jeito de saber...

João colocou o endereço no aplicativo de mapas do celular e Renato, diligentemente, começou a jornada até a casa do amigo estrangeiro. As ruas estavam tranquilas com poucas pessoas e carros passeando pela cidade. Luzes brilhavam nas decorações das casas e, através das janelas, era possível ver famílias e amigos reunidos desfrutando da ceia de Natal.

* * *

Robert havia sumido! Ele não atendia o celular e não estava em casa para ser encontrado. Seu carro não estava estacionado na garagem e Dalva não o tinha visto saindo de casa, depois do almoço. João o procurou por toda parte e começou a ficar cada vez mais preocupado. Quando quase todas as opções haviam se esgotado e até mesmo a ideia de correrem para o aeroporto começou a ser cogitada pelos amigos, João percebeu que havia *um lugar* onde ainda não haviam procurado, e... de repente, *eureka!* Ele sabia exatamente em que local poderia encontrá-lo!

Renato dirigiu até a Enseada e estacionou o carro, entrando na calçada, parando quase na areia. Estrelas brilhavam pelo céu e a Lua já assumia o seu posto de anfitriã da noite de Natal que estava para chegar. Alguns casais passeavam pela orla e um grupo de turistas tirava selfies e fotos da paisagem paradisíaca. Assim que o carro parou, João fechou os olhos por um segundo, respirou fundo e, sem fazer qualquer plano, simplesmente acenou com a cabeça para o amigo, abriu a porta e saiu...

— *João!!* Você não acha que é melhor a gente pensar em outra coisa? Cara, eu não vou sair desse carro! — exclamou Renato, esperando que seu amigo parasse e reconsiderasse o que estava fazendo. — A gente não precisa falar com ele... tem outras formas de resolver isso. João! O que você quer? Que ele grave um vídeo mandando um oi pra menina? Você realmente acha que isso vai deixar todo mundo feliz, nesse Natal? — Mesmo que estivesse quase gritando, as palavras de Renato chegavam em um volume cada vez mais e mais baixo aos ouvidos do amigo que, agora, já estava com os pés na areia, sem olhar para trás.

João não precisou de muito tempo andando pela praia para finalmente encontrar o local exato, já perto do mar, de onde havia jogado o globo de neve, depois que teve seu sonho de Natal despedaçado dias antes. A alguns metros dali, um pouco mais à frente, em sua diagonal, estava um homem alto e de cabelos brancos, sozinho, simplesmente contemplando a paisagem diante de seus olhos. Mesmo sendo banhado apenas pela luz do luar e um pouco da iluminação da praia, a silhueta do homem, os traços de seu proeminente corpo e a inconfundível barba branca não deixavam dúvidas de quem ele era.

O garoto caminhou lentamente ao encontro do homem, até parar a poucos metros de distância de uma das pessoas mais fascinantes que havia encontrado em sua vida. Após uma pequena pausa, — quase contemplativa —, João perguntou calmamente:

— Dia difícil?

✳ ✳ ✳

Mesmo sem olhar para trás, na direção de onde o som daquela voz havia surgido, Robert abriu um singelo sorriso, de modo que todo o seu rosto foi iluminado, resplandecendo a luz da faísca de uma esperança já quase esquecida. Ainda sem olhar para a origem do som, respondeu:

— Esse é sempre um dia agitado. Muitas coisas para preparar, pessoas para encontrar, sonhos a realizar... — ele parou por um instante, pensativo, como que

187

recordando-se desse mesmo dia, em anos e décadas anteriores. Sua expressão tornou-se um pouco triste, por um breve momento, mas foi logo substituída por um doce sorriso, ao passo que virava-se para encarar o seu amigo brasileiro e concluir seu pensamento:

— E acho que ainda estou um pouco empanturrado, depois de comer tanta pizza!

Os dois deram um riso espontâneo e leve, à medida que se olhavam. Robert continuou:

— Se você veio pedir o seu presente, saiba que é difícil trabalhar com pedidos feitos assim, em cima da hora!

— Sim, sim... eu sei — respondeu o jovem, ainda com o sorriso no rosto —, mas não é sobre isso que eu vim falar. Na verdade, meu amigo, lá no carro, acha que eu nem deveria falar nada com você hoje. Se eu tivesse escutado ele, acho que nem estaria aqui agora!

— Mas o que ele te disse? — perguntou o senhor, curioso.

— Não sei, eu não o escutei. Pulei pra fora do carro e vim correndo pra cá, enquanto ele ainda tava iniciando o sermão...

— Todos dizem que essa é uma época boa pra conversar e se reconciliar com as pessoas, mas nem todos estão dispostos a acreditar e viver isso. — Robert parou por um instante e se pôs a admirar a paisagem novamente.

Toda a Enseada estava quieta e tranquila nas últimas horas, antes do Natal. As luzes de alguns barcos eram refletidas nas tranquilas águas que descansavam ali. João organizou seus pensamentos e continuou, decidido a cumprir sua maior missão naquela noite:

— Alguns dias atrás, quando nos encontramos aqui, nesse mesmo local, você me disse que muitas vezes o nosso maior fracasso, a nossa maior frustração, pode se tornar o nosso maior milagre! Bom, acho que tô finalmente começando a entender e, mais do que entender, *viver* isso! — João mergulhava em um assunto delicado, mas expressava-se em um tom leve e animado.

— No começo da semana, eu achava que conquistar a admiração da Maria e o emprego na emissora eram as coisas mais importantes na minha vida; achei que uma super matéria sobre o Natal seria a ponte que me faria conquistar essas coisas e que você... você seria o Papai Noel perfeito pra dar vida pra minha história, pra essa matéria... E, sabe o que aconteceu? Eu falhei... miseravelmente! Magoei você, magoei meu amigo, me frustrei, e... e agora eu tô aqui, fracassado, falando com você. E... bom, esse sou eu, sem bloquinho de notas, câmera, sem matéria, sem a Maria... só eu... o *verdadeiro* eu. Finalmente, livre...

Robert não dizia nada; pelo menos não com sua boca. Ele não pronunciava uma só sílaba, mas seus olhos dialogavam com João de uma forma que tornava cada palavra do amigo brasileiro bem-vinda. O garoto olhou para as águas, para os morros ao fundo, e ficou um momento, apenas apreciando toda a beleza do lugar.

— Eu ainda não sei direito por que você acabou tirando esse ano sabático, vindo pra cá, por que tá aqui nessa praia, nesse momento, mas nós dois temos os nossos fracassos e, se você realmente acredita em milagres e no que me disse naquele dia, aqui, nessa mesma areia, então, eu acho que nós ainda podemos viver algo incrível nesse Natal.

— Eu acho que fui um pouco intransigente demais também... com as minhas escolhas, decisões... com você. Me desculpe por isso. A gente pode tentar gravar alguma coisa pra matéria se você quiser... Pede pro Renato trazer a câmera que...

— Não... — interrompeu João, com um gentil sorriso —, eu não tô falando da matéria. O pessoal da emissora já deve tá dormindo ou curtindo em alguma festa de Natal, com artistas e gente famosa — e os dois caíram na risada, antes de João continuar: — Você me fez ver que existem coisas na vida mais importantes do que um emprego legal que pague bem, e que dinheiro, fama e bens materiais nunca deveriam ser pré-requisitos pra gente conquistar a admiração ou amor de alguém. E tudo isso, pelo seu exemplo, pelo modo como você vive a vida! Todos esses dias eu achei que tava escrevendo uma matéria jornalística sobre o Natal, quando, na verdade, a matéria era sobre a vida e eu era um dos personagens, um dos alunos... não o jornalista ou escritor dela. Além disso, você me ensinou mais sobre o Natal ao querer fugir dele, do que eu aprendi sobre ele durante toda a minha vida!

— Tem sido uma experiência interessante... Ai, ai... Passar o Natal em branco... — e deu uma doce risada. — De quem foi essa ideia?!

Robert também parecia mais leve agora. De alguma forma, as palavras de João tinham aliviado um pouco o peso que ele sentia pela decisão de fugir das cerimônias de Natal e querer ficar sozinho naquela data; embora, agora ele estivesse feliz por não estar completamente sozinho naquele momento.

— Realmente, que experiência! — disse João. — E, pensando bem, acho que era para estarmos aqui mesmo, nesse momento e local. É meio louco, mas é incrível sentir isso... *Quando sou fraco é que sou forte*, né? Eu devia estar triste, sem esperança, cansado..., mas me sinto forte, de verdade. Eu parei de escrever a matéria, não tenho mais tempo de terminá-la, mas isso não me preocupa mais. Se tudo que a gente viveu nessa semana foi de verdade, e de acordo com *a verdade*, então, eu acho que a gente tá exatamente onde deveria estar.

— Tudo tem um propósito... e *todas* as coisas cooperam para o bem daqueles que amam a Deus... — completou Robert.

— Sim, todas... Não é fácil de entender e viver isso, mas eu creio.

Os dois olhavam para as imagens e cores refletidas na água. Apesar do silêncio que sussurrava pelo ar, ao redor deles, podiam ouvir toda a natureza, e a cidade em meio a ela, proclamando a glória de seu Criador. Em meio àquele momento de contemplação e paz, João quebrou o silêncio.

— Você sabe que tem mais uma coisa... Ainda estamos na véspera e faltam algumas horas para o Natal... pelo menos aqui no Brasil...

Robert olhou para seu amigo, com certo olhar desconfiado, não sabendo direito como interpretar as últimas palavras ditas por ele, mas curioso para saber o que viria a seguir. João continuava olhando para frente, mas sua postura corporal e modo agitado, com o qual começou a limpar os óculos, claramente demonstravam que havia mais a ser dito.

— Prossiga, por favor... — disse o amigo estrangeiro.

— O que eu quero dizer é que eu não sou o único que ainda acredita no Natal, e prometi a uma amiga que iria trazer a cartinha dela pra você... Acho que seria legal se você pudesse ler, antes da meia-noite.

João tirou do bolso a carta que a pequena Manu havia preparado com tanto carinho para o Papai Noel. Entre as palavras ali escritas e o desenho feito pela doce menina, não havia nenhuma menção a um brinquedo caro, nem qualquer coisa material que fosse. Seu pedido vinha do mais íntimo do seu coração, pensando mais no bem-estar de sua vovó do que nela mesma.

Robert recebeu-a e, lentamente, começou a apreciar a cartinha em suas mãos. Em palavras simples, Manu pedia um galão de água para que sua vovó pudesse tomar os remédios e seus amiguinhos da rua também tivessem um pouco de água para guardar e beber durante o Natal. Embaixo do pedido, um desenho dela segurando a mão da vovó e da vizinha, sua mamãe e papai — os quais não chegou a conhecer — com asas de anjos ao lado deles, e um grande Papai Noel — *embora, mais magro que Robert* — ao lado da janela, carregando um galão de água nas mãos. Embaixo do desenho, apenas duas palavras: **FAMÍLIA FELIZ**

Robert não conseguia tirar os olhos do desenho. João esperou mais alguns segundos, e continuou:

— Eu cheguei lá, achando que encontraria uma história apelativa e interessante para conseguir milhares de likes e compartilhamentos nas redes sociais, e acabei saindo com um choque de realidade que acabou mudando a minha própria história. — Fez uma pausa, olhou para a Lua, e respirou fundo, antes de continuar. — Mesmo em meio à tanta pobreza e desgraça, eu não vi ninguém reclamando, se vitimizando, pedindo explicações a Deus... Eu vi sorrisos cobrindo expressões de dor; a fé combatendo a realidade; o amor vencendo o medo e trazendo esperança para o futuro.

Robert, com a cartinha em mãos e os olhos marejados, ouvia atentamente.

— Não teria como colocar a cartinha no correio, então, eu prometi a ela que levaria a cartinha até ao Papai Noel. Bom... aqui está...

O doce senhor, visivelmente emocionado, segurava as lágrimas ao aproximar-se do seu amigo e lhe perguntar, com a voz já um pouco carregada de emoções, que não eram sentidas há muito tempo:

— E você, João... o que você quer neste Natal? — e antes que João pudesse responder, emendou: — Apenas lembre-se de que, mesmo se eu fosse o Papai Noel, eu não poderia influenciar sentimentos...

— Não, não... eu sei! Meu pedido não tem nada a ver com isso...

— Então... o que você quer neste Natal, garoto?

— Eu quero realizar ao menos um pedido de Natal neste ano: fazer uma criança feliz, fazer com que ela continue sonhando e acreditando que pode realizar e viver os seus sonhos. Mas, acima de tudo... eu quero que você seja quem você *realmente* é! Esse é o meu pedido... e o meu desejo. — João olhava para os olhos de Robert, como nunca havia olhado antes. — Eu gostaria muito que você pudesse ficar aqui com a gente, morar aqui no Brasil, mas, ao mesmo tempo, eu sei que existe algo no horizonte que te chama, uma paixão dentro do teu peito que te faz querer voar... Sei que existem sonhos no seu coração que merecem ser sonhados e vividos novamente. Sonhos tão antigos e fantásticos que, talvez, apenas esse vento saiba o caminho que você deve seguir para realizá-los...

Impossível de não ser notado, realmente, que um vento diferente, assim como o que haviam sentido ao redor da fogueira, alguns dias antes, soprava entre eles, relembrando Robert de um antigo sonho de sua infância. O gentil senhor permanecia calado, imóvel, apenas sentindo um doce aroma pelo ar, ao mesmo tempo em que sua pele era acariciada pelo ar úmido que o abraçava. Ele fitava seu amigo e escutava suas palavras, digerindo-as lentamente em seu interior. João continuou:

— Não me interessa se você é o Papai Noel ou não, não

me interessa o estereótipo que colocaram sobre você, o real significado dessa barba ou risada... nada disso me interessa. Eu só quero te ver feliz, fazendo o que você realmente quer fazer, sendo quem você verdadeiramente *é.*

Os olhos de Robert estavam cada vez mais e mais úmidos, até que, quase que em câmera lenta, uma singela e corajosa lágrima lançou-se para fora de seu olho direito, descendo até sua barba.

Ele respirou profundamente e disse, com uma voz um pouco trêmula e pesada:

— Não importa o que eu diga ou faça, você não vai deixar de acreditar em mim, não é?

— *Nunca!* — respondeu João, convicto.

— Você sabe que existem algumas coisas que eu não posso fazer, certo?

— É, eu sei. Mas também sei que você tem a mesma fé que eu, e o aniversariante desta data gosta de enviar uns presentinhos especiais, de vez em quando, principalmente quando o pedido é sincero, humilde e feito por um coração puro... como o de uma criança.

Ambos abriram um sorriso espontâneo e outras lágrimas começaram a correr pelo rosto de Robert, irrigando sua vasta barba branca. Ele olhou para a cartinha de Manu mais uma vez e, sem tirar os olhos do desenho e das palavras ali escritas, balbuciou:

— É isso... finalmente... — as lágrimas continuavam a rolar pelo seu rosto. — *Serendipity!*

— *Oi?* O que você quer dizer...

— Três pedidos puros, límpidos, feitos por três crianças — Robert continuou antes que João pudesse completar a pergunta. — A água em seus três estados, em um só pedido... um só milagre...

— Sim, mas... — João parecia cada vez mais confuso. — O que isso tem a ver com *serendipidade?*

— Quando Deus vê fé e amor no pedido de uma alma, uma oração pode mudar a vida de milhares. Esse encontro, e todos os outros..., tudo isso já estava escrito nas estrelas. Você tá sentindo esse vento fresco? Esse aroma no ar? Acho que só tá faltando uma coisa aqui... — Voltando o olhar para os olhos de João, completou: — O leite pode ser bem gelado, aqui no Brasil, com café, e, ao invés dos cookies, rabanada e alguns brigadeiros cairiam muito bem!

João olhava fixamente para Robert, com uma expressão um pouco confusa, tentando entender o que aquelas palavras significavam. Sua ficha começou a cair, quando avistou um pequeno homem, aparentemente do mesmo tamanho do Stewart, saindo de um Fusca que havia parado perto do carro do Renato — *Espera! Era o Stewart mesmo!* —, correndo na direção deles, com uma maleta preta em suas mãos — o que fazia com que ele corresse um pouco desajeitado. Robert olhava para aquela cena com os olhos brilhando.

Quando chegou a poucos metros dos dois, deitou a maleta na areia, perto dos pés de Robert, acenou para João com uma das mãos e, rápido, mas cuidadosamente, começou a abri-la. Uma forte luz reluzia de seu interior, impedindo que João conseguisse identificar o conteúdo da maleta. Gentilmente, Stewart retirou um par de botas longas, pretas e brilhantes como uma noite estrelada e as deixou em frente aos pés de Robert. O senhor retirou seus chinelos e pediu, com um grande sorriso no rosto, que João e seu pequeno amigo se afastassem um pouco. À proporção que calçava as longas botas, os dois davam alguns passos para trás, quando, repentinamente, a areia sob os pés do grande amigo começou a tremer, fazendo com que mini-partículas de areia se levantassem do chão. Um pequeno redemoinho, parecido com um tornado brilhante e reluzente, começou a formar-se da areia, contornando as pernas de Robert. Enquanto contornava-o, brilhava cada vez mais e mais em diferentes cores e tonalidades, como se tivesse cristais cintilantes em sua composição. João teve que colocar uma mão em frente aos seus olhos para proteger a visão de tamanha luminosidade. Olhou para o lado e percebeu que Stewart estava preparado com grandes óculos de lentes redondas, assistindo tudo com um grande sorriso de admiração no rosto.

Quando o tornado finalmente contornou todo o corpo de Robert, subitamente, esvaiu-se no ar. Onde antes estava aquele gentil senhor com sua tradicional camisa florida, shorts e chinelo de dedos, agora encontrava-se, impecavelmente vestido com a roupa mais vermelha e imponente que João já tinha visto em sua vida, um simpático velhinho que o garoto brasileiro conhecia bem. Um grande cinto preto contornava a protuberante barriga e as longas botas protegiam seus pés e canelas. Um charmoso gorro, também vermelho, cobria a sua cabeça e lindas luvas pretas completavam o visual. João e Robert trocaram um olhar que dispensou palavras. O rapaz estava perplexo demais para falar alguma coisa, e seu amigo ainda tinha que terminar o que havia começado. Olhando na direção do Fusca parado perto da areia, deu um assovio forte que ecoou por uma longa distância...

João conseguiu identificar alguns objetos ou seres saindo pelas janelas do carro que, inacreditavelmente, também começava a se mover. O garoto forçava o olhar, mas não conseguia distinguir exatamente o que estava acontecendo. Percebendo a confusão do amigo, Stewart prontamente lhe emprestou um pequeno binóculo que carregava consigo. Olhando através das poderosas lentes do objeto, o rapaz pôde ver nove gatinhos correndo na direção deles com o Fusca engatado em suas roupas de gatos. Eles corriam cada vez mais rápido, cada vez levantando mais areia, e o carro vindo atrás no mesmo ritmo. Com apenas um simples assovio, Robert havia provocado mais um tornado que formava-se pela praia e crescia, aproximando-se deles cada vez mais rápido e encorpado. Assim como havia acontecido ao redor dele próprio, luzes cintilantes começaram a envolver aquela nuvem e uma grande onda de areia percorreu a praia na direção dos três amigos.

Passados alguns segundos, a magia escondida dentro da grande tempestade de areia tornava-se perceptível, ao passo que a nuvem brilhante começava a dissipar-se e nove lindas renas quebravam as suas barreiras, vindo galopando pela praia, puxando um imponente trenó.

Quando todos se encontraram, tudo fez sentido. Robert já estava devidamente vestido com a roupa mais bonita que qualquer Noel poderia sonhar em ter. Ela reluzia um vermelho que parecia queimar sobre sua pele e estava perfeitamente ajustada em seu corpo, nos mínimos detalhes, como se tivesse sido feita sob medida para ele naquele exato momento. Robert parecia mais vivo do que nunca. Ele olhou para o amigo brasileiro, exibindo os detalhes de seu figurino:

— O que acha? — perguntou, à medida que apertava o seu cinto preto sobre a protuberante barriga.

João estava com os olhos arregalados, ainda assimilando tudo que havia acabado de testemunhar, mas certo sorriso em sua boca mostrava que toda aquela situação não era uma total surpresa para ele. Algumas pessoas que avistaram o acontecido, ou pelo menos parte dele, começaram a se aproximar com os celulares em mãos e os queixos caídos para registrar tudo que podiam. Outros turistas e curiosos que haviam chegado no final do show também caminharam na direção deles, para observar o peculiar senhor que, claramente, não se tratava de qualquer Papai Noel — sem contar o trenó e as renas que também estavam por ali!

— A barba parecia um pouco mais longa nos filmes — respondeu João, em tom irônico e tentando parecer calmo, embora seu corpo estivesse tremendo um pouco, cheio de admiração e encantamento com toda aquela cena.

— *Hey*, olha o calor que faz aqui!

Os dois amigos deram uma boa risada, e até mesmo Stewart e algumas renas não conseguiram segurar o riso.

— Tem certeza de que não tem nenhum outro pedido? — insistiu o bom velhinho.

— Tenho... — João estava em paz. — Tá tudo tranquilo! Mas corre porque o senhor já tá atrasado em todo o Oriente, parte da África e Europa. — e riu, sem que a ficha tivesse caído completamente ainda. — Ah, e, *por favor*, não se esqueça da pequena Manu!

— *Yes, sir!* — respondeu Robert, com uma voz firme e um sorriso que parecia cada vez maior em seu rosto. — Eu estava pensando na cartinha dela agora mesmo.

Os dois encontraram-se num abraço paternal, e assim permaneceram por algum tempo, sem que nenhuma palavra fosse dita. O silêncio do ato era mais alto e expressava um sentimento mais puro do que qualquer palavra seria capaz de expressar. Robert, ainda com o amigo em seus braços, abriu os olhos e olhou para os céus. Seu olhar expressava um desejo ardente de sua alma, um pedido que somente o Senhor e Rei de todo o universo seria capaz de realizar. Suas mãos juntaram-se palma com palma e seus olhos fecharam-se mais uma vez. Serenamente, ele balbuciava algumas palavras num idioma que João desconhecia. Era a primeira oração que ele fazia estando junto de seu amigo; e essa parecia ter origem no mais íntimo de seu coração.

— Você tá *orando?!* — perguntou João, curioso, sem entender as palavras ou poder olhar nos olhos de seu amigo.

— Meio *oração*, meio *pedido de Natal...* — respondeu Robert. — Acho que também tenho direito ao meu, não?

— Sim... acho que sim. Não sei como foram os outros meses, mas você se comportou até que bem nessa semana! — e os dois apertaram um pouco mais o abraço.

O céu estava calmo e silencioso, coberto de estrelas, poucas nuvens e alguns pássaros que passeavam pela noite, admirando toda a beleza da Cidade Maravilhosa que brilhava ainda mais, pois estava repleta de luzes e enfeites de Natal. Do alto do céu, de uma altura bem maior do que o mais alto prédio da cidade, talvez em algum lugar entre as estrelas e nuvens que pairavam pelo ar, um leve *sopro*, puro e suave, foi soprado naquela noite, no momento em que uma oração sincera, de um coração quebrantado, foi feita nas areias da Enseada. Em meio ao ar soprado, um floquinho branco saiu planando pelo céu, passeando por entre as estrelas, mergulhando em uma dança espontânea, à proporção que apreciava a paisagem única e fantástica de um lugar jamais visto por seus antepassados. Seguindo o seu voo e exemplo, um outro pequeno floco percorria uma trilha similar, enquanto outro, e mais outro, e depois outro e outros nasciam no céu e seguiam dançando por toda a cidade...

Antes que os dois amigos se separassem um pequeno floco de neve caiu no nariz de João. Logo depois, outro caiu sobre o seu braço, e outro sobre o gorro do Robert. E depois, outro, e mais um, e ainda outro um pouco maior; e os flocos não paravam de cair. Quando João abriu os olhos, mal podia acreditar no que estava vendo... e sentindo! Robert e João se separaram, no instante em que o garoto olhava com admiração para o alto; lentamente, subia o olhar, procurando a origem dos floquinhos que caíam por todos os lados, em todas as direções, ainda custando crer que aquilo pudesse ser real. Analisando alguns flocos que estavam nas palmas de suas mãos, não havia mais dúvidas: *havia começado a nevar no Rio de Janeiro!*

Robert não havia dito uma só palavra até então. João tentava formular alguma frase e buscava as palavras para dizer algo, mas também não conseguia expressar o que estava sentindo. Os dois simplesmente entreolharam-se e, nessa troca de olhares, começaram a entender a magnitude do evento que estavam vivendo juntos naquele momento.

❋ ❋ ❋

Os grupos de pessoas que começaram a aglomerar-se pela praia tiravam selfies, postavam stories e faziam vídeos e mais fotos para as suas redes sociais. Quando Robert e João se deram conta, dezenas de pessoas já estavam nos arredores com os celulares apontados para eles. *"Olha, é aquele senhor do Jogo das Estrelas!"*, gritou um homem que estava por ali; *"Sim, com aquele menino que ajudou a tirá-lo do estádio, depois da dança!"*, disse outro; e as vozes e perguntas já eram impossíveis de ser distinguidas ou saciadas... *"Isso aqui é neve mesmo?? De verdade??"*, *"Hey, Noel, por favor, manda um tchauzinho pro meu filho aqui!"*, gritava uma mulher com o celular em sua mão levantada; *"Eu não acredito que esteja nevando, isso não pode ser verdade!"*, *"Olha, não é aquele cara da serenata?? Um amigo meu compartilhou o vídeo!"* (risadas ecoando pelo ar) *"Aeee, mandou bem demais, mano! Canta mais um trechinho, aqui pra gente!"*, *"Será que é alguma ação da prefeitura ou comercial que estão gravando?"*, *"Sério, olha essas renas! Isso não pode ser real!"*

Rapidamente, as ruas da cidade foram tomadas por pessoas de todas as idades e lugares, que saíam de suas casas e apartamentos, para conferir se era mesmo verdade o que viam, através das janelas e das redes sociais. Apesar da quantidade de pessoas na praia e ao redor deles, talvez por certo respeito, receio, fascínio, admiração e alguma outra razão que não conseguiam explicar — ou talvez por tudo isso junto —, ninguém ousava chegar muito perto dos dois. Mesmo sendo véspera de Natal e mais uma noite quente de verão, uma brisa gelada soprava por toda a cidade.

Robert, ainda em êxtase, olhava para o seu amigo brasileiro, que já não tremia mais tanto. Eles apenas riram e deram mais um abraço, com um tom mais sério, já antecipando a dor da despedida que viria a seguir. Não era necessário dizer mais nada. No fundo, ambos sabiam que essa separação era necessária, mas também que, algum dia, voltariam a se encontrar; ambos tinham certeza da verdade presente na amizade que haviam construído. Antes de partir, Noel tirou do bolso uma *nota de 1 dólar* e um pequeno *trevo de 4 folhas*. Rasgou a nota ao meio e deu metade para o seu amigo.

— Aqui, garoto, fique com o trevo e metade dessa nota. Cada um com uma metade, como uma promessa de que teremos que nos reencontrar para que ela fique completa novamente. — Seus olhos estavam úmidos; suas mãos, trêmulas; assim como as do João.

As renas já estavam a postos e o trenó brilhava como novo — com alguns detalhes do Fuscão em seu *design*. Robert virou-se para o trenó e, segurando em sua lateral, deu um pulo certeiro para dentro, mostrando uma destreza impressionante para a sua idade. O tempo que passou no Brasil, certamente fez bem para a sua saúde. Sentou-se ao lado de Stewart, agora seu co-piloto, e atrás deles apenas um grande saco vermelho, que quase não cabia na parte de trás do trenó.

— Stewart! Antes que eu me esqueça... — João segurava o binóculo do amigo, pronto para devolvê-lo.

— Fique com ele, rapaz. Meu presente de Natal! — respondeu, com seu característico sorriso e acenou, despedindo-se de seu amigo.

De dentro do trenó, Robert olhou para João uma última vez...

— Até logo, João! — disse ele, juntando as palmas das mãos como se estivesse orando. — Feliz Natal, meu amigo!

— Até logo, Robert... — respondeu João, repetindo o mesmo gesto das mãos com um leve e sincero sorriso no rosto. — Feliz Natal!

O gentil e bom velhinho deu ordem para que as renas começassem os trabalhos para a longa viagem que teriam pela frente e, junto de Stewart, acenou para as centenas de pessoas que estavam reunidas por ali. Todos que estavam na praia responderam com acenos, com beijos sendo enviados com as mãos, fotos, vídeos e gritos de alegria, misturados a palavras de carinho e incentivo para a viagem deles. As renas começaram a andar, a andar um pouco mais rápido, e mais rápido, e então, depois de alguns metros, já estavam correndo...

Os olhos de João, e de todos que estavam ao seu redor, seguiram o trenó que ganhava velocidade pela areia da praia e, como num passe de mágica, desprendeu-se da superfície e começou a ganhar cada vez mais altura, sendo seguido pelos olhos e celulares de todos que estavam assistindo pela praia. Em seguida, João deu uma olhada pelo binóculo para conferir tudo mais de perto e depois o emprestou para algumas crianças que estavam por perto. O trenó foi subindo cada vez mais alto, indo em direção ao morro do Corcovado. A aproximadamente setecentos metros do nível do mar, quase frente a frente com o Cristo Redentor, o trenó começou a voar ao redor da grande estátua e cartão postal da cidade, deixando um rastro de flocos de neve brilhantes e faíscas luminosas no ar. O monumento ganhou um brilho especial e, mais do que nunca, era visível de toda a cidade, resplandecendo uma luz que não vinha de holofotes ou luzes especiais para o iluminar, mas de um poder divino que brilhava sobre ele, lembrando a todos quem era o aniversariante de toda a celebração que estava para se iniciar em pouco tempo.

O trenó continuou a subir e subir, até que desapareceu entre os flocos de neve e as estrelas que preenchiam o céu mais iluminado e abençoado que aquela cidade havia tido, em toda a sua história. Mesmo depois de desaparecer no céu, a maioria das pessoas não conseguia parar de olhar para o alto. Seus olhos arregalados e sorrisos abertos refletiam toda a surpresa e admiração pelo milagre natalino mais impressionante que seus olhos haviam visto e seus corações sentido. A cada minuto que passava, mais e mais pessoas saíam de seus lares e preenchiam as ruas para contemplar o acontecimento; fazer guerra de neve com seus amigos, cantar e dançar as clássicas músicas natalinas que eram tocadas em celulares, carros e alto-falantes espalhados pela orla da praia e cidade adentro. Risadas e sons de alegria eram ouvidos por toda parte.

Em meio a toda aquela festa e alvoroço que a neve havia, repentinamente, causado na cidade, um certo jovem apaixonado continuava parado na praia, no mesmo local de onde havia se despedido do mesmo amigo, duas vezes, naquela semana.

* * *

João continuava parado no mesmo lugar. Olhava para as águas, relembrando de tudo que havia vivido nos últimos dias, desde que aquele peculiar senhor o abordou, naquelas mesmas areias, em uma tarde ensolarada de dezembro. Não pôde deixar de relembrar histórias marcantes de sua vida, momentos que redefiniram a sua história, capítulos do livro de sua existência que nunca mais seria a mesma, depois dessa noite.

Mesmo com todo o barulho e dezenas de pessoas à sua volta, ele continuava em um estado de contemplação e êxtase que nunca havia sentido antes. Embora alheio aos ruídos e toda a movimentação que acontecia ao seu redor, uma voz doce e conhecida ecoava em sua direção, chamando pelo seu nome, de um modo tão único e especial que era impossível não ser notada:

— *João?!* — disse ela, agora em um volume um pouco mais alto, a poucos metros dele.

Era como se ele ouvisse o seu nome pela primeira vez, em toda a sua vida. Rapidamente, virou seu rosto procurando pela origem daquele som, quase divino. Não precisou se esforçar muito; não só a voz era única, mas também a beleza de Maria destacava-se em qualquer lugar em que ela estivesse. Seus olhares, finalmente, se encontraram e ela começou a andar, um passo mais apressado do que o outro, na direção daquele jovem que, poucos minutos antes, tivera uma das despedidas mais difíceis e espetaculares de sua vida.

Quando já estavam frente a frente, a poucos palmos de distância um do outro, as palavras fugiram de suas bocas e um breve silêncio, entre eles, pairou pelo ar. João, ainda assimilando tudo o que havia acontecido naquela noite, além da surpresa de encontrar Maria ali, esforçou-se para quebrar o silêncio:

— Você... você viu tudo o que aconteceu?

— Mesmo que não tivesse visto ao vivo, já está em todas as redes sociais! Mas, sim, eu tava por perto quando tudo começou... Seu amigo, Renato — e apontou para trás, de onde o amigo acenava para João, com um grande sorriso no rosto —, mandou uma mensagem, assim que percebeu que algo diferente estava para acontecer. Por sorte, eu também tava por perto!

Antes de mergulhar completamente na fantasia de todo aquele sonho natalino que descortinava-se à sua frente, João não pôde evitar de perguntar:

— Mas... e aquele ator? Não vão passar o Natal juntos?

— Eu não aguentei esperar até amanhã, adotei um presentinho ontem, um presente pra nós, esperando que fosse ajudar a, finalmente, nos unir de verdade, mas... — fez uma breve pausa, olhando para perto dos pés. Encarando João em silêncio, com olhar simpático, um filhote de cachorro caramelo, sentado nas pernas traseiras. E continuou, com a voz um pouco embargada: — não era o presente que ele estava esperando. Não é exatamente o que ele queria pra nós...

— Ah, entendi... eu acho. Eu... sinto muito... — disse João, encarando o pequeno cachorro de volta, e completou, à medida que mudava a direção do olhar para o céu, deixando que os flocos de neve caíssem sobre o seu rosto: — Mas, por outro lado, parece que parte do seu sonho finalmente se tornou realidade!

Maria tomou um leve susto. Seus pensamentos viajaram para longe, a muitos e muitos anos de distância. Abriu sua boca, porém demorou alguns segundos para pronunciar uma palavra...

— Nossa, João... você ainda lembra! — respondeu, enquanto ria um riso tímido de surpresa e encantamento. Depois de mais uma breve pausa, continuou: — Eu nem sei o que dizer ou pensar direito... é tudo tão lindo, tão mais bonito do que eu tinha imaginado nos meus sonhos!

Os olhos dela brilhavam encantados com toda a beleza e grandiosidade daquela cena. João simplesmente admirava aquela mulher e tentava, de alguma forma, tirar uma foto mental do que via, para guardar aquela visão e lembrança para sempre em sua memória. O tempo passava devagar... Como que em câmera lenta, ela ergueu as mãos com as palmas para cima, deixou que alguns flocos acumulassem-se e, depois de apreciá-los por alguns segundos, continuou:

— Na verdade, a neve é passageira, uma hora derrete e desaparece. Eu não quero apenas ver a neve, senti-la por um momento; eu quero poder tê-la, guardá-la só pra mim, todos os dias do ano... Quero algo duradouro, uma família... um amor que dure para sempre, João...

— Bom... humm, parece um sonho muito legal, mas, eu não sei direito o que pensar sobre tudo isso, cada hora seus desejos parecem mais mágicos, incríveis e impossíveis! — disse ele, enquanto sorria de forma desconcertada com o canto de sua boca. — Só isso por hoje, ou tem mais algum desejo para esse Natal?

Maria então tirou um globo de neve e um recipiente de vidro de sua bolsa e os mostrou a João. Ele instantaneamente reconheceu o globo e o vidrinho — com a sua carta dentro — que havia arremessado ao mar, dias antes. Eram os mesmos presentes, não havia dúvidas. Ele não piscava, não esboçava nenhuma reação, seu rosto ficava mais e mais corado e seu coração parou de bater por alguns segundos, antes de retomar o seu funcionamento "normal"...

— Depois de tanto tempo nos conhecendo, sendo amigos, eu jamais pensei que você pudesse sentir tudo isso por mim... Ninguém nunca fez uma serenata pra mim ou me escreveu nada parecido, e, na verdade, eu queria ter tido a coragem de ter escrito essa carta pra você, muitos anos atrás! — Maria parou por um momento e olhou ainda mais fundo dentro dos olhos de seu *amigo*. — Eu já tenho a neve, João... — disse ela, dando um beijo no globo de neve e abrindo um extenso sorriso em sua face —, haja o que houver, tudo que eu quero de Natal... é *você!*

João simplesmente não podia acreditar no que seus olhos viam e ouvidos ouviam, era bom demais para ser verdade, era muito melhor do que ele havia sonhado, em seus sonhos mais românticos. Era... mais um verdadeiro *milagre de Natal!*

Seus pensamentos foram repentinamente interrompidos e trazidos de volta à realidade, no momento em que Maria deu um passo à frente e ele fez o mesmo, em uma reação espontânea de seu corpo. Ambos foram cobertos pelos braços um do outro, ao passo que seus lábios desfrutavam de um encontro esperado por muito tempo. As luzes da praia reluziam por entre os flocos de neve que continuavam a cair; as músicas de Natal, ecoando pelo ar por toda a cidade, compunham a trilha sonora perfeita para o que parecia uma linda cena de um romântico filme de Natal.

Quando os dois amigos — e agora um pouco mais do que isso —, terminaram o primeiro beijo — nada técnico, julgando pelo brilho no olhar dos envolvidos e as reações dos espectadores que assistiam (e filmavam tudo) ao redor —, Maria continuou:

— Ah... antes que eu me esqueça! — disse, tirando um pequeno bonequinho do Batman de sua bolsa. — Eu encontrei ele lá em casa e achei que você iria gostar. — Ela mordia os lábios, meio sem jeito, esperando que João realmente gostasse da surpresa.

— Eu... *não acredito!* Você também ainda se lembra daquele dia! — respondeu João, com os olhos arregalados, indo do boneco para sua amada e voltando para o boneco. Visivelmente emocionado e novamente sem palavras, ele simplesmente fechou os olhos e a abraçou, encostando o seu rosto no dela. — Bom... acho que só falta o carrinho de controle remoto agora — disse ele sorrindo, num tom irônico.

— Sim, e o meu bebê! — ela respondeu, fazendo com que João abrisse os olhos num olhar assustado, embora *feliz!*

* * *

A neve era o assunto principal dos noticiários de todos

os canais, em todos os estados, em cada cidade do Brasil. Até mesmo nas regiões mais quentes do país, flocos brancos caíam gentilmente, mudando a cor da paisagem e o clima das cidades. Aos poucos, a neve ia se acumulando por todos os cantos e ganhando diferentes formas nas mãos das pessoas. A maioria das crianças — e uma boa parte dos adultos também — aproveitava a situação para fazer bonecos de neve ou guerras divertidas com bolas de todos os tamanhos. Apesar de a neve ter acarretado uma queda nas temperaturas pelo país inteiro, o clima estava agradável; boa parte da população continuava nas ruas, e o milagre daquela noite de Natal colocava um novo e inesperado sorriso, nunca antes visto, no rosto dos cidadãos brasileiros.

João lembrou-se da tradicional ceia e reunião de Natal que sua família sempre realizava na casa de sua avó; Maria não pensou duas vezes para aceitar o convite; Renato estava junto para o que desse e viesse. Ao chegarem em frente à casa, agora, coberta de neve, puderam ver através da janela a família e amigos reunidos dentro do lar, conversando, rindo e cantarolando cantigas natalinas, à medida que terminavam de preparar a mesa para a sobremesa. Os dois pombinhos desceram do carro e Renato foi procurar um lugar para estacionar.

Maria estava cheia de uma sensação de indescritível alegria que chegava a tremer. Mesmo com seus corpos sendo levemente abraçados pelo suave frio repentino, era a abundância de bons sentimentos inundando suas almas a principal razão do arrepio em suas peles. Do outro lado da rua, um carro quase completamente coberto de neve, tinha uma frase escrita a dedo na janela traseira: **DESCANSE EM DEUS**

Ambos olharam para o céu, uma última vez, antes de

entrarem na casa com a esperança de avistarem o trenó voando pelo céu. Mas ele já estava longe, cada vez mais distante dali, embora o seu rastro de amor, bondade e alegria estivesse cada vez mais presente.

ALVO

"Fim!", concluí, um tanto quanto surpreso ao ver os olhos de minha doce filha abertos como a lua cheia em uma noite de verão, ainda sem demonstrar o mais singelo sinal de sono.

"Como assim, papai???", indagou ela, mais acordada do que nunca. "O que aconteceu no dia seguinte, no dia de Natal e nos outros dias?"

"Ah, sim, querida... O dia de Natal..."

João recebeu centenas mensagens, de todas as pessoas e lugares, querendo saber mais sobre a sua história com aquele velhinho que havia conquistado todas as redes sociais e corações das pessoas do mundo inteiro. Cientistas buscavam explicações para o evento, alguns noticiários diziam que tudo tratava-se de neve cenográfica e ilusionismo, e a população brasileira continuava a fazer milhares de vídeos e fotos que inundavam as redes sociais, com todos os tipos de postagens sobre o Natal mais fantástico de suas vidas. Ah, sim, e claro, o beijo de cinema que João e Maria protagonizaram, também, teve o seu lugar de destaque nas entrevistas e matérias que começaram a surgir, depois daquela noite. Com toda a atenção recebida, o carisma de um jovem sonhador apaixonado e a desenvoltura apresentada durante as entrevistas e aparições nos jornais, João conquistou o tão sonhado emprego e começou a trabalhar, junto de Maria, como repórter na mesma emissora.

Já no dia seguinte, os dois estavam por toda a cidade gravando, produzindo novas matérias e entrevistando muita gente para ouvir todos os tipos de histórias sobre como cada pessoa e família havia reagido e experimentado o milagre de Natal! A neve parou de cair no final madrugada, logo antes do nascer do Sol, mas havia se acumulado pelos morros, casas e todos os cantos da cidade e do país. Durante o dia, com o forte calor do verão e a força dos raios solares, grande parte já começava a derreter, transformando-se rapidamente em água, enchendo, assim, todos os reservatórios que estavam vazios e trazendo novamente uma alegria imensurável para toda a população que, há tanto tempo, sofria com a seca.

Em um certo momento do dia, o mais novo casal de jornalistas do país teve uma pequena janela de intervalo nas gravações e encontrou-se para matar um pouco a saudade que já sentiam um do outro, mas, também, para fazer uma visita muito especial. João contou à Maria todos os detalhes sobre a cartinha da menina que havia emocionado o Papai Noel, aguçando ainda mais o seu faro jornalístico, mas, principalmente, o seu coração sedento por amor e mais histórias de Natal. Os dois pegaram um carro e foram, o mais rápido possível, visitar a casa de Manu.

Chegando lá, depararam-se com uma rua colorida e cheia de crianças correndo de um lado para o outro. Algumas delas faziam bonecos de todos os tamanhos e estilos, outras, guerra de neve, enquanto algumas aproveitavam para fazer desenhos no chão, escrever novas cartinhas ou simplesmente admirar a beleza daquela criação de Deus tão pura, única e surpreendentemente real para elas.

Os jornalistas não precisaram bater na porta da casa de Manu. Ao se aproximarem dela, um dos amigos da família os avistou pela janela e já foi logo abrindo a porta para que entrassem. Assim como na primeira visita de João, todas as câmeras estavam desligadas e os bloquinhos de notas não foram usados. A vovó ainda estava debilitada, mas aparentava estar bem melhor do que na noite anterior. Agora, ela conseguia falar, interagir com os visitantes e até brincar um pouco com a neve que a pequena Manu trazia para dentro de casa. Num certo momento, Manu chamou Maria para brincar na neve, enquanto João tomava um café e conversava com a vovó dentro de casa. João olhou para o lado de fora, e, dentro da moldura da janela, via a imagem de um quadro com o qual havia sonhado há muito tempo; via Maria carregando Manu em seu colo, as duas sorrindo, à medida que faziam cócegas uma na outra e brincavam com a neve ao redor.

Ficaram todos juntos ali por mais algum tempo, sem equipe de reportagem, nem fotos ou vídeos, apenas desfrutando daquele momento; simplesmente vivendo um *tempo de qualidade*.

❋ ❋ ❋

João e Maria casaram-se no ano seguinte, uma semana antes do Natal; exatamente no dia em que, um ano antes, o milagre havia começado a acontecer em suas vidas. O presente que ganharam naquele Natal não foi entregue pelo Papai Noel ou comprado em uma loja. Ainda assim, foi o melhor presente que poderiam sonhar em ganhar; o melhor presente de suas vidas. No final daquele ano, com a conclusão do processo de adoção, ganharam a guarda de uma garotinha; o direito de serem pais de uma menininha linda, doce e gentil que, com todo o seu amor e fé, havia derretido corações e dado início ao maior milagre de Natal do país. O seu nome: *Emanuela.*

Depois de desfrutarem daquele Natal mágico, *branco* e cheio de amor e alegria, a saúde da vovó de Manu começou a piorar nos meses seguintes. Quando o quadro da doença estava mais severo, João e Maria começaram a acompanhá-la de perto, em cada visita aos médicos, cada recaída, até que o hospital virou a nova casa daquela forte senhora. Na ocasião em que ela faleceu, poucos familiares apareceram, de longe, para se despedirem, e logo voltaram para suas cidades, casas e famílias. Manu foi morar em um abrigo, mas, já familiarizada com a companhia e envolvida pelo carinho do casal de jornalistas, naturalmente foi ficando cada vez mais ligada a eles.

Após o casório, os três estavam finalmente juntos, vivendo como uma verdadeira família, preparando a casa para viverem o seu primeiro Natal em alegria e comunhão. Numa certa manhã quente de verão, a poucos dias da véspera de Natal, Emanuela colocava os enfeites na árvore, enquanto João e Maria assistiam-na sentados no tapete da sala, encostados no sofá. A jornalista pegou o violão que estava pendurado na parede e começou a dedilhar suas cordas, suavemente. Seu marido deitou-se, usando a perna de sua mulher como travesseiro.

Com a voz mais doce que ele já havia escutado em toda sua vida, ela começou a cantar *I Say A Little Prayer*. João viajou para outro universo, completamente imerso nos sons que sua amada e o violão entoavam. A música ecoava por toda a casa e a pequena Manu balançava de um lado para o outro, no ritmo da canção, ao passo que continuava a decorar a árvore da família.

— Gostou da música? — perguntou Maria, ao terminar de cantá-la.

— Sim... muito! E acho que a interpretação foi um pouco melhor do que a minha serenata também! — respondeu João, num tom um pouco irônico, mas sem conseguir esconder o olhar completamente apaixonado com o qual admirava sua mulher.

Manu veio correndo até aos pais e jogou-se de braços abertos, tão abertos que conseguia abraçar os dois ao mesmo tempo, ao cair sobre eles.

— Quando vai chegar a estrela da árvore, papai?

— Logo, querida... Daqui a pouco, deve estar aqui!

Maria, Manu e João não viram nem ouviram a encomenda chegando, mas um homem simples, que vendia sonhos, alegria e que gostava de estrelas, a deixou em frente à porta, naquele mesmo dia, a tempo para que a árvore estivesse pronta para receber todos os presentes do Papai Noel.

Em meio às bolas de Natal, luzinhas e outras decorações da árvore, um cartão destacava-se com uma simples —, mas poderosa — mensagem que a família fazia questão de ler e reler todos os dias: *Descanse em Deus, tenha fé e acredite em milagres!*

É HORA DE DORMIR

— *Papai...* — minha filha chamou-me de uma maneira um pouco diferente, olhando bem dentro de meus olhos.

— Sim, querida...

— Obrigada por contar a *nossa* história... Essa foi a história de Natal mais linda que eu já ouvi em toda a minha vida! — seus olhinhos estavam marejados; assim como os meus.

Silêncio. Silêncio por toda a casa. Eu não tive reação e perdi completamente a habilidade de fala por alguns segundos. Senti um frio na barriga e um nó na garganta, comecei a suar frio e meus olhos encheram-se ainda mais; tudo ao mesmo tempo e sem aviso prévio.

— Meu amor... você não faz ideia como o papai fica feliz em ouvir isso! — Era cada vez mais difícil conter as lágrimas dentro de meus olhos.

— Que bom, papai! Mas... por que você mudou o meu nome na história?

Bem, era meio óbvio para mim que, em determinado momento da história ou de sua vida, ela iria reconhecer-se naquela história. Entretanto, eu nunca havia imaginado que seria *dessa* forma...

— Eu não queria que você percebesse que era a *nossa* história, logo quando eu começasse a contar, amore...

— Sim... mas eu já sabia de tudo, na metade. Só não falei nada pra não estragar a contação!

— *Ohh*, meu amor... Eu tentei esconder alguns detalhes, durante a história, mas acho que não deu muito certo — disse em meio às lágrimas e risos.

(papai segurando o choro, ainda mais forte, aqui, agora!)

— Você deveria escrever tudo isso... Eu acho que essa história ficaria linda dentro de um livro, com uma capa bem bonita, como os que eu tenho na minha estante — seus olhinhos passeavam pelos livrinhos de todos os tipos, gêneros e tamanhos, que preenchiam as prateleiras de sua estante.

— Sim, querida, parece uma ótima ideia! O papai vai colocar tudo isso no papel e fazer um livro bem lindo pra você, com essa história!

Ela gritou um *"Oooba!"* que fez com que eu me sentisse o pai mais feliz do mundo.

— Ah, e o nome do João e da Maria podem ser mudados pelo seu nome e o da mamãe, né?

— Sim... podem, sim!

— Papai... — continuou —, agora eu entendi o verdadeiro sentido e significado do Natal!

— Que bom, filha! Viver essa história também ajudou o papai a entender...

— Sim! Nós não precisamos ter a árvore cheia de presentes amanhã cedo pra entender que o Papai Noel é nosso amigo e que Jesus nos ama. E, como é o aniversário de Jesus, acho que seria mais legal dar um presente pra Ele, do que ficar pedindo um monte de coisas, né?

Eu não poderia estar mais orgulhoso. Apenas olhava dentro de seus olhinhos e agradecia em meu coração pelo maior presente que Deus poderia ter me dado — ou melhor, nos dado — em um Natal.

— Sim, querida, é verdade. Você entendeu isso muito mais cedo do que o papai! — respondi, com um sorriso no rosto.

Ela também sorriu e continuou:

— Mas eu só entendi rápido, porque a sua história foi muito boa! — ela falava suavemente, com uma voz doce, trazendo uma paz que eu não encontrava em nenhum outro lugar. De repente, sua expressão ficou levemente séria, e parecia um pouco preocupada.

— Mais alguma coisa que você gostaria de dizer ou perguntar, amore? — perguntei.

— Sim... — ela disse, baixinho, com um pouco de vergonha, enquanto acenava positivamente com a cabeça. — Eu sei que disse que não preciso de nenhum presente nesse Natal... mas... tem uma boneca muito linda que eu gostaria de ganhar no meu aniversário. Eu vi ela em uma foto antiga da mamãe, mas ela disse que perdeu essa boneca, muito tempo atrás e nunca mais achou uma parecida em lugar nenhum. Eu fiz um desenho dela pra nunca mais perder também, mas eu queria muito ter uma, de verdade — ela virou-se até a extremidade de sua cama e alcançou o puxador da gaveta de sua mesinha de cabeceira. Ao abri-la, tirou de lá um lindo desenho, feito por ela mesma, com a boneca representada em detalhes. Deu mais uma olhada para a sua obra-prima, um leve suspiro, e entregou o desenho a mim.

Analisei o desenho com cuidado, contive minhas expressões faciais como pude para não parecer preocupado, e comecei a pensar num plano para conseguir aquela famosa boneca que, aparentemente, já havia saído de linha, há décadas. Eu sabia exatamente qual era, minha mulher já havia comentado sobre ela comigo: era uma boneca de porcelana, artesanal, diferente de tudo que encontramos pelas lojas, hoje em dia. Minha menina faria aniversário no começo do ano, e eu não fazia ideia onde poderia achar tal presente, mas não queria quebrar o clima nem desfazer toda a felicidade e emoção que a minha princesinha estava sentindo, após ouvir a história.

— Não se preocupe, querida, o papai achará essa boneca pra você!

— Obrigada, papai! Você é a única pessoa no mundo que pode achar ela! — disse olhando-me com admiração.

— Esse sou eu! — respondi, fazendo uma pose desajeitada de super-herói, já com certa dificuldade de esconder minha expressão de preocupação.

Ela bocejou por longos cinco segundos e disse que já estava pronta para dormir. Arrumei o fino cobertor na cama e chequei se os seus pezinhos estavam protegidos dentro dele. Olhei novamente para ela, lembrando da primeira vez que a tinha visto saindo de sua antiga casa, com um copo vazio nas mãos. Eu não conseguia parar de admirar a sua beleza e doçura — e a carinha de sapeca também.

— Papai... só mais uma coisa...

— Sim, querida.

— Eu sei que o Papai Noel é uma pessoa muito ocupada, mas eu quero conhecer ele um dia.

— O papai vai fazer de tudo pra que esse encontro aconteça o mais rápido possível!

— Obrigada por tudo, papai. Eu te amo muito! — disse ela, agora com os olhinhos já semiabertos e a voz um pouco carregada de sono.

— Eu te amo muito, muito, *muito!* Nunca se esqueça disso!

— Não vou esquecer!

— Durma bem, meu anjo... tenha uma ótima noite de Natal!

— Boa noite, papai querido. Durma bem e... feliz Natal!

— Feliz Natal, meu amor!

Tirei de seu rosto alguns fios de seu longo cabelo dourado — agora sem os famosos cachinhos —, dei um beijo em sua testa e apaguei o abajur, que encontrava-se na mesinha de cabeceira. Qual foi minha surpresa, quando me virei para sair do quarto e vi minha linda esposa do outro lado da porta. Ela estava ali, parada, ouvindo tudo atentamente, com admiração, em silêncio; ouvia tudo com os ouvidos e com o seu coração. Lágrimas desciam pela sua face. Estar de meias e sem sapatos, ajudou-me a sair cuidadosamente do quarto sem fazer barulho. Encostei a porta e abracei minha amada como se fosse a primeira vez que a tinha em meus braços.

Não precisávamos dizer nada um ao outro, o calor de seu abraço já escrevia a conclusão desse capítulo de nossa história. Uma história que estava apenas começando e que ainda teria muitos Natais pela frente. Com ou sem a visita do Noel, naquela noite, nossas orações já haviam sido atendidas. Não havia mais nada que pudéssemos desejar naquele Natal.

Preparei um delicioso café, fui até a sala, apaguei o fogo da lareira e peguei um livro para me acompanhar. Coloquei a garrafa térmica e duas xícaras na mesinha perto da lareira, sentei-me confortavelmente em minha poltrona e comecei a leitura.

FIM

"Glória a Deus nas maiores alturas,
e paz na terra entre os homens, a quem Ele quer bem."

LUCAS 2.14

Esta não é bem uma obra de ficção. Nomes, personagens, empresas, eventos, locais e incidentes são produtos da imaginação do autor ou usados de maneira fictícia. *Entretanto...* qualquer semelhança com pessoas reais, vivas ou mortas, ou eventos da vida real, talvez não seja mera coincidência.

Um lugar frio — muito frio —, e coberto de neve

Fazia muito frio e eu logo percebi que não estava, realmente, preparado para os ventos que começaram a soprar repentinamente ao meu redor. Mas também, como poderia? Era a minha primeira vez por esses lados do mundo e, mesmo com toda a informação disponível na internet, ainda sabe-se muito pouco sobre os mistérios e segredos escondidos durante milênios por aqui. Não fossem as coordenadas que ganhei de presente por uma carta misteriosa, eu nunca teria sido capaz de conceber a ideia de tentar encontrar essa antiga casa, no meio do nada. E quando eu digo "no meio do nada", eu digo isso literalmente!

Depois de uma longa viagem de avião, três trens, um pequeno passeio de helicóptero, voltas e mais voltas com carros e motos de aplicativos desconhecidos, e quase duas horas de caminhada por trilhas congelantes, avistei, bem ao longe, e com a ajuda dos binóculos que havia ganhado de um amigo, uma fumaça saindo tímida por uma chaminé de tijolinhos, que fazia parte de uma casinha charmosa que, por sua vez, contrastava com o branco gritante do lugar — lugar esse composto por branco, *muito branco*, árvores formando uma densa floresta, *também cobertas de branco*, e essa casinha no meio disso tudo — com o seu telhado... *bom*, vocês já sabem. Eu não tinha dúvidas, tinha que ser essa, a casa do "**X**" escrito em meu mapa!

Guardei o mapa em minha mochila, tomei um gole de café bem quente e, logo em seguida, um longo fôlego para concluir a breve caminhada que me separava do meu destino final. Após perder completamente a comunicação com o meu amigo, depois do último Natal, essa tentativa de encontrá-lo parecia ser minha única opção. Eu mal podia acreditar que, depois de tanto tempo passado desde o nosso primeiro encontro, no Brasil, estava finalmente indo visitá-lo. *"Como será que ele está?"*, *"Será que não está muito cansado da correria de fim de ano, ou estaria ocupado com outras coisas?"*, *"Eu não deveria ter enviado uma outra carta, ou achado um meio de avisá-lo, antes de aparecer assim, de repente?"*, entre outros questionamentos, eram algumas das perguntas que inundavam a minha mente, ao passo que eu estava cada vez mais perto da porta de madeira daquela singela casa, no meio de uma vastidão de neve para todos os lados. Analisando o terreno à minha volta, vi uma trilha de pegadas formada por grandes pés que, certamente, haviam passado por ali há pouco tempo, indo em direção à casa — a qual, olhando mais de perto, mais se parecia com um chalé; mas um chalé moderno, de um estilo único e fascinante.

Perto das pegadas que pareciam ter sido feitas por uma bota, pude ver um outro tipo de pegada que começou a chamar minha atenção. O outro tipo não tinha o formato de uma bota ou de nenhum sapato feito por homens, ou para homens; tinha o formato de uma pata. Mas uma pata bem grande, e bem maior do que o formato das pegadas de bota de humano. Naquele momento, eu estava a quilômetros e quilômetros de qualquer outra casa ou comércio para onde poderia correr e me esconder. Meu coração começou a bater um pouco mais forte e rápido, à medida que meus passos procuravam tocar o chão de uma maneira mais leve e devagar.

A partir de seu destino de chegada, também na casa, comecei a seguir a segunda trilha com os olhos procurando o seu ponto de partida. Cuidadosamente, a segui por alguns metros, até que consegui visualizar o que parecia ser uma pilha de toras de madeira na entrada de uma floresta, que começava a algumas dezenas de metros do chalé. Repentinamente, *TCHAC!*, um barulho de lâmina cortando um pedaço de madeira foi ouvido perto das toras, como se um lenhador ou alguma outra pessoa estivesse trabalhando em novos cortes naquele exato momento. Um novo ruído foi ouvido, e depois outro *TCHAC!* e mais um; e então, o silêncio. Uma grande sombra começou a aparecer na neve, perto da pilha, mas não uma sombra conhecida no formato de um humano. Era uma sombra enorme, terrível e amedrontadora, garras eram visíveis, seu formato difícil de reconhecer e, a cada segundo, ficava cada vez maior e não parava de crescer...

Considerei correr floresta adentro para tentar me esconder atrás de alguma árvore, mas já era tarde demais, não teria tempo de fazer isso sem ser visto por seja lá o que fosse aquele, possível, *monstro das neves!* Sem pensar muito, joguei-me de bruços no chão e cobri as costas como pude, com um pouco de neve, numa tentativa desesperada de me camuflar — esquecendo-me, por um instante, que vestia um lindo casaco vermelho no meio de uma imensidão de alva neve. Tentei convencer-me de que estava um pouco mais seguro, o que me deixou um pouco mais tranquilo, assim, peguei meus binóculos para tentar avistar a identidade da fera ou achar um novo local para minha proteção. Apenas o assobio leve do vento quebrava o silêncio ao meu redor. Ao ajustar o foco das lentes dos binóculos, a sombra não podia mais ser vista, porém algo, de pelagem branca, surgia andando por detrás da pilha, com algumas toras sendo levadas nos braços.

De repente, vi as pernas do animal que andava com passadas rítmicas que não tinham quase nada de animalescas. Ao passo que ajustava o foco das lentes, minha surpresa seguia crescendo proporcionalmente... até que pude ver o animal por inteiro! Simplesmente, um *Urso Polar* — sim, daqueles que vemos nas propagandas na TV, durante o mês de Natal! — caminhando com toras de madeira e um fone de ouvidos — *sem fio* —, que cobria toda a sua cabeça de urso. Acredite se quiser.

O grande urso polar continuou caminhando até adentrar a casa que já estava parcialmente coberta de neve. Fumaça continuava a sair pela chaminé e o vento a soprar ao meu redor. Não sei se era por causa do frio ou então pela surpresa e susto pelo que meus olhos acabavam de testemunhar (talvez por tudo isso junto), mas fiquei ali, paralisado, apenas existindo por alguns segundos. Quando retomei completamente o controle de minha consciência, levantei-me e prossegui, caminhando lentamente, até o meu destino final. Não havia mais como voltar.

Chegando frente a frente com a porta de madeira,

não tive nenhuma dúvida sobre o que estava fazendo — embora ainda estivesse completamente perplexo e um tanto quanto receoso em relação ao que poderia encontrar ali. Mas estava muito frio e eu não estava nem um pouco afim de voltar para onde tinha vindo, antes de tomar algo quente e descansar por algum tempo. Tirei o excesso de neve que se acumulara em meu casaco e gorro, olhei ao redor por sobre os meus ombros, certificando-me de que estava sozinho; respirei fundo... e dei três socos fortes o suficiente para que o som das batidas ecoasse por quase todo o interior da casa — da casa chalé. Nada além de silêncio, por uns dez segundos, nenhum sinal de vida por perto, até que, subitamente, o silêncio fora invadido por um novo som que surgia, num crescendo, e então, finalmente, pude ouvir o som de passos — possivelmente humanos, para o meu alívio parcial —, aproximando-se da porta. Os passos pararam e uma voz alta e forte pronunciou-se:

— *SENHA.*

— Huummm... *Neve?* — respondi, sem fazer a mínima ideia do que responder.

Silêncio absoluto.

— Rio... Brasil... globo de neve, carta, branco, Natal branco, *não!*, em branco... Encanto... *Pen Pal...* — Eu dizia tudo que me vinha à mente, mas nenhum som ou reação acontecia dentro da casa. Até que me lembrei de uma cena de um filme clássico que havíamos assistido juntos, certo dia e entoei em alto e bom som: — *O Captain! My Captain!*

Alguns pássaros saíram rapidamente em revoada do telhado, cantando e gritando, eu gelei — um pouco mais — por um segundo, e a maçaneta começou a se mexer.

A velha porta abria-se de forma vagarosa, ao mesmo tempo que rangia estridentemente. O branco da neve que cobria parte do telhado já não parecia tão branco, no momento em que uma densa barba e cabelos alvos e sedosos começavam a clarear o vão da porta. Quando ela foi, finalmente, aberta por completo, uma enorme figura apareceu à minha frente. Algumas semanas haviam se passado, ele estava um pouco mais rechonchudo do que eu me lembrava na despedida, mas sua feição ainda continuava a mesma. Trazia em sua mão direita uma enorme caneca com algum líquido que eu não conseguia distinguir pela cor ou cheiro — eu apenas sabia que estava muito quente, pela fumaça que saía pelo topo e subia charmosamente até encontrar-se com a fumaça da chaminé. O grande homem vestia um roupão cor de vinho que parecia muito confortável e quente. Sem dizer uma só palavra, veio em minha direção e eu fiz o mesmo em sua direção, até que nos encontramos em um forte abraço — fazendo com que um pouco do líquido de sua caneca voasse pelo ar.

Apesar da sincera expressão de felicidade em me ver, ele não parecia estar surpreso com a visita. Muito pelo contrário. Olhava-me diretamente nos olhos com um olhar desconfiado, irônico, curioso... como que esperando pela minha confissão, antes mesmo de dizer qualquer coisa. Continuamos nos olhando, fazendo alguns movimentos estranhos com os olhos sem saber direito como começar a conversa, até que, percebendo que ele não iria ceder, tomei a iniciativa:

— *Oi!* Eu... tava com saudade de você! Olha só, que coisa! A saudade foi aumentando, não consegui mais falar com você depois do Natal e... meio que preciso da sua ajuda! — completei, com o semblante agora um pouco preocupado.

— Deixe-me ver o desenho que você esqueceu de me entregar no Natal — foi a sua simples resposta.

Como ele sabe sobre o desenho?!, pensei por um breve instante. Mesmo sem compreender a origem do seu questionamento, retirei o desenho de uma pasta de minha mochila, e entreguei a ele o tão sonhado presente que a pequena Estela queria de aniversário. No papel, um simples desenho de uma boneca que já havia saído de linha há décadas.

— Eu meio que tenho um pedido especial para fazer pra você. A Estela não liga muito para os presentes de Natal, mas... tá sonhando com algo assim para o aniversário. E você sabe que o aniversário dela é...

— Em duas semanas, eu sei! — me interrompeu. — E você sabe que não o conseguirá em nenhum outro lugar. Só assim mesmo pra tomar coragem e vir até aqui me visitar...

— Eu sei... — respondi. — É uma longa viagem, eu queria ter me programado pra trazer as meninas comigo, mas... estou em apuros aqui!

— Você devia ter me procurado antes, ou me entregado o desenho no Natal, mas acho que ainda temos tempo. Aliás, você conseguiu se atrasar até mesmo na vinda para cá! — disse ele, com um olhar de desaprovação. — Eu sabia que ia *conseguir* pegar o trem errado na estação — e deu dois passos para trás, com um leve sorriso no canto de sua boca, abrindo espaço para que eu também pudesse entrar.

Eu fiquei parado, por alguns segundos, tentando entender como ele sabia daquilo. Pensei mais um pouco e, enquanto projetava meu corpo para dentro da casa, dei uma última olhada para trás. Para minha surpresa, três pequenas criaturas, vestindo uma roupa verde corriam pela neve, procurando um lugar para se esconder. Eu imediatamente reconheci o primeiro da fila, portando binóculos bem parecidos com o meu e um *walkie-talkie* em uma das mãos. Bem, agora tudo fazia sentido. Ou... *quase* tudo.

— Eu quero ouvir tudo sobre a contação da história para a Estela. Acho que foi no momento certo, e da maneira correta. Estou bem ansioso para conhecê-la pessoalmente, na verdade. Mas, uma coisa de cada vez, você precisa se aquecer um pouco primeiro...

Robert presenteou-me com um grande e caloroso abraço, como se fosse um pai que reencontra o seu filho pródigo após uma longa separação. Em qualquer lugar do mundo, perto ou longe de minha casa, aquele abraço era um *lar* para mim.

Entrando na sala de estar, prontamente, recebi um chocolate quente de um dos anões que estavam ali dentro. Mesmo com toda a distância e o tempo que separavam esse encontro, éramos como dois grandes amigos que não se viam há poucos dias — o que, na verdade, éramos mesmo. Sentei-me na poltrona, ao lado da grande poltrona vermelha do Robert, para que pudéssemos nos aquecer em frente à lareira. Nenhuma palavra foi dita no primeiro minuto em que ficamos ali sentados, mas nossos olhos diziam muito e nossos lábios sorriam felizes em nossas bocas. Doces lembranças voavam por nossas mentes, à medida que tomávamos um delicioso chocolate quente.

Além do *tempo de qualidade*, aproveitamos aquele precioso momento para descansar um pouco pois, de alguma forma, nós sabíamos: estávamos prestes a viver novas e emocionantes *aventuras!*

* * *

"Você alguma vez entrou nos depósitos da neve
ou viu os reservatórios do granizo,
que eu guardo até o tempo da angústia,
até o dia da batalha e da guerra?
Qual é o caminho para o lugar
onde se difunde a luz
e onde o vento leste se espalha sobre a terra?"

JÓ 38.22~24

---

[1] Ação ou situação, no poker ou na vida real, em que um jogador aposta todas as fichas que possui.

[2] Personagem da série Star Wars que se expressa em Shyriiwook, idioma que consiste em rugidos e grunhidos.

[3] Cena em que os amigos comem *marshmallows* "batizados".

[4] "Meu jovem aprendiz". *Padawan* significa aprendiz, iniciante, e é um termo utilizado na série Star Wars.

[5] Expressão idiomática típica do inglês, bem conhecida no teatro e em contextos artísticos, usada para desejar "boa sorte".

[6] Filmes baseados nos livros de fantasia escritos pelo escritor britânico J. R. R. Tolkien (1892-1973).

[7] Filme de comédia romântica de 1990 dirigido por Garry Marshall com Richard Gere e Julia Roberts nos papéis principais.

[8] Refeição servida entre o café da manhã e o almoço. O termo é formado pela junção das palavras *breakfast* (café da manhã) e *lunch* (almoço).

[9] "Lista de desejos", objetivos, sonhos, coisas para se fazer ou realizar antes de "kick the bucket" ("bater as botas").

[10] Revelação antecipada de informações sobre um determinado conteúdo.

[11] Personagem principal da série de filmes de ação e aventura Indiana Jones, criado por George Lucas e Steven Spielberg.

[12] Tradicional confeitaria fundada em 1894 por imigrantes portugueses.

[13] Também conhecido como 007, James Bond é um agente secreto fictício do serviço de espionagem britânico MI-6, criado em 1953 pelo escritor britânico Ian Fleming (1908-1964).

[14] Personagem principal do livro "Como o Grinch roubou o Natal", escrito por Dr. Seuss (1904-1991). Grinch é uma criatura verde e rabugenta que detesta o Natal.

ABOUT THE AUTHOR

Lucas Zavarelli

é um ator e escritor brasileiro, natural de Rio Claro, cidade do interior do estado de São Paulo. Formado em Teatro pela Keimyung University, atualmente mora no Brasil e se dedica às artes. Ele também é autor do livro Antes do Amor Queimar Escarlate.

Instagram: @LucasZavarelli

BOOKS BY THIS AUTHOR

Antes Do Amor Queimar Escarlate

Ele era apenas mais um garoto no último ano do ensino médio procurando entender o propósito de sua vida. Em uma manhã quente de verão, antes da primeira aula do dia, tudo mudaria para sempre. Um despretensioso olhar em sua direção fez com que o seu coração batesse mais rápido do que nunca, tudo ganhasse um novo sentido, e ele encontrasse, em um simples diário, o confidente que precisava para compartilhar seus pensamentos e emoções.